KB042026

아버지나무는
물이 흐른다

ARETE 총서 0005 박명순 산문집

아버지나무는 물이 흐른다

1판 1쇄 펴낸날 2016년 6월 3일
지은이 박명순
펴낸이 이재무
책임편집 박찬세
디자인 이영은
펴낸곳 (주)천년의시작
등록번호 제301-2012-033호
등록일자 2006년 1월 10일
주소 (04618) 서울시 중구 동호로27길 30, 413호(묵정동, 대하문화원)
전화 02-723-8668
팩스 02-723-8630
홈페이지 www.poempoem.com
이메일 poemsijak@hanmail.net

ⓒ박명순, 2016, printed in Seoul, Korea

ISBN 978-89-6021-272-5 04810
      978-89-6021-208-4 04810(세트)

값 14,000원

아버지나무는 물이 흐른다

박명순 산문집

천년의 시작

책을
엮으며

저의 유년은 남루한 대가족에서 시작됩니다.

납작 엎드린 담벼락 집 8남매의 맏딸로 자라면서 가지 많은 나무로 성장하던 기억들입니다. 특히 조치원 신흥동의 흔적들은 무채색 상자에 담아 깊이 묻어버리고 싶기도 했답니다. 그 신흥동은 갯내음 풍기는 바닷가나 풀냄새 향기로움이 나부끼는 전원적인 공간이 결코 아닙니다. 그 흔한 봄꽃조차 만나기 어려웠던 길가 판자촌이었습니다. 어린애가 애를 업은 채 터뜨리는 울음, 쯧쯧 혀를 차며 걸핏하면 혼꾸멍을 내는 어른, 바깥에서는 호탕한 웃음을 짓지만 가족에게는 화를 내는 가부장적 품격도.

그 기억의 오독誤讀들이 곁가지 새순을 키운다는 걸 깨달은 순간 칙칙하던 유년의 풍경들이 우물로 솟아오르기 시작했습니다. 두레박으로 길어 올리듯 그 시절의 저에게 우물의 해석들이 다가온 것입니다.

약자의 슬픔을 끌어안는 힘을 신흥동 이웃들과의 기억에서 발견하게 된 겁니다. 눈물을 삼켰던 빵의 사연이나 비루함 역시 주변인으로서의 한스러움이었던 것이지요. 원망의 마음을 다 스릴 수 있었던 힘은 저에게 있었는지도 모릅니다. 기억의 씨실 과 날실을 그렇게 생로병사生老病死 오욕칠정五慾七情으로 풀어 내고 싶었습니다.

아, 나를 키워온 자양분이 어린 시절의 결핍과 허기였구나. 이 러한 깨달음으로 아버지의 호탕한 웃음에 드리운 그림자에 가 까이 다가갑니다. 끼니마다 밥상의 출처들을 대단한 사건처럼 만들었던 아버지, 언제나 기죽지 않고 뻥을 치던 아버지의 모습 을 가족과 이웃들의 거울로 비추어봅니다.

아버지나무.

마음속 깊은 우물에서 길러왔던 나무의 뿌리를 통째로 당신에 게 바칩니다. 흉터에서 새순이 돋고 잎이 자라나서 넉넉한 그늘 을 만드는 건 당신인지도 모릅니다. 그곳에서 찾아낸 희망이 누 군가의 삶에도 소중한 기억의 흐름으로 이어지면 좋겠습니다.

담양 '글을 낳는 집'의 김선숙·김규성 선생님께 받은 고마움 을 표현할 수 있는 적절한 말을 저는 찾을 수가 없습니다. 열심히 글을 쓰고, 좋은 사람으로 사는 것만이 보답이 될 수 있겠지요.

그리고 가족에게 고마움을 전합니다. 어쩌다보니 저는 식솔들의 사랑을 받기만 하는 몰염치한 사람이 되었습니다. 이제부터라도 더 많이 사랑하는 사람으로 거듭나겠습니다.

어려운 상황에서 선뜻 출판을 위해 힘써주신 <천년의시작> 가족들에게 고마움을 전합니다. 고맙습니다. 모두들.

2016년 5월 박명순

제1부

집

도랑 공터
첫 번째 집

아버지는 집을 두 번 지었다.

처음 지은 집은 조치원 신흥동 대동초등학교 뒷담을 벽 삼아 방 한 칸을 들인 것이다. 학교 담 앞에 도랑이 흐르는 좁은 공터를 닦고 기둥을 세웠다. 하늘 가리고 문을 달아서 잠을 자고 밥을 끓여 먹을 수 있는 공간을 만들어놓은 것이 집의 전부였다. 사람 한둘이 들어설 만한 공간으로 비탈진 학교 담이 시작되는 곳이며 옆으로 집이 늘어서 있는 동네 끝자락이었다.

한 칸 방이었다가 그 한 칸을 장지로 막아 두 칸으로 사용했고, 부엌을 길게 만들어 확장했다. 가족이 늘어나자 아버지는 간단하게 방 한 칸을 다시 들였다. 작은 도랑이 흐르는 공터를 활용하여 길게 이어진 집의 형체는 꽤 그럴듯해졌다.

내가 아장아장 걸을 때쯤 집에 대한 몇몇 기억은 평화롭다.

겨울이었나 보다. 방문을 열자 방안으로 하얀 눈송이가 날려 들어왔다. 갓난아기였던 동생이 펑펑 쏟아지는 눈을 보고 문지방을 향해 힘차게 기어갈 때 가슴이 조마조마해서 울음을 터뜨렸던 기억이 무섭기보다 상큼하다. 마루가 없었기 때문에 문만 열면 도랑이 가까이 보였고 신작로를 지나는 사람들이 아득하게 보였다. 동네사람들이 오가다 한마디씩 해주는 말들이 반갑고 고마웠다.

"어, 그놈 배꼽장군인걸. 자식 농사가 제일이여."

"된장찌개 냄새가 구수하네."

그러다가 어느 순간에 마루가 등장하기도 한다.

아줌마들이 마루에 걸터앉아 문을 열면, 좁은 방에 있는 사람과 마실 온 사람들이 방과 마루에 앉아서 편안하게 웃으며 동생들 재롱을 보던 기억도 떠오른다. 엄마는 동생 젖을 먹이고, 할머니는 긴 담뱃대에 담배를 피우는 모습이다. 가끔 양념처럼 반복되는 이야기가 있다. 집주인은 안으로 들어오라 권유하고, 손님들은 마루가 더 편하다고 사양하고.

"방이 좁지만 들어오셔유."

"여기가 시원하구 더 좋은데 뭘."

"손님을 마루에 계시게 해서 어쩐대유."

"우리가 손님인가?"

징검다리처럼 신작로와 도랑을 연결하여 집이 있었다. 실지렁이가 타래실처럼 엉겨 있던 도랑은 어린 나에게도 더럽고 무서워서 징검다리를 건널 때마다 조마조마했다. 도랑으로 발이 빠지게 되면 실지렁이가 종아리 칭칭 감고 올라와 목구멍까지 들어올 것 같았다. 내가 초등학교 입학할 무렵부터 도랑이 조금씩 사라지고, 그만큼 집의 공간은 늘었다. 살림집은 그대로이고, 물건을 팔 수 있도록 집을 가게처럼 개조한 것이다. 처음에는 천막처럼 비바람만 가릴 수 있도록 해놓고 물건을 팔았다. 그러다가 물건의 양도 늘고 손님들도 늘어나면서 집이라기보다 점포로 모양새를 갖추게 된 셈이다. 방과 부엌의 공간을 점차 최소화하고 가게 공간을 최대화하면서 집의 구조는 살림살이가 아닌, 장사를 위한 구조로 바뀌었다. 결국에는 김, 미역, 오징어, 명태, 문어 같은 것, 궤짝이나 진열장 같은 것이 집주인 행세를 했다. 그 틈에서 잠을 자고 밥을 해먹었지만, 한 해 두 해 지나면서 식구는 계속 늘었다. 팔남매를 낳고 살았던 그 집에는 언제부턴가 할머니, 외삼촌, 이모가 함께 살았다. 가끔 들르는 고향 손님들도 있었으니, 방 두 칸인 그 집에서 보통 열다섯 명의 식솔이 오글오글 살았던 셈이다. 그러면서 창고를 짓고 부엌에 수도를 들이고, 연탄보일러를 설치하면서 집의 형체는 완성되었다.

비가 오기 전후 가끔 능구렁이가 굴뚝 주변을 들락거렸다. 그런 날이면, 할머니는 집의 수호신처럼 고개를 조아리며 두 손을 비벼댔고, 구렁이는 묵직한 자세로 돌 틈 사이를 빠져나갔다. 사람들은 안도의 탄성을 숨겼고 나 혼자 무서움에 시달렸다. 허연 형체의 능구렁이가 꿈자리까지 쫓아와서 목을 휘감는 시달림으로 가위눌린 잠을 깨곤 했다.

마지막 집의 변신은 신흥슈퍼라는 상호와 유리문 달기였다. 드디어 우리 동네까지 슈퍼마켓 간판이 들어서기 시작할 무렵이었다. 새로 들어선 시내 중심가의 가게들과 비슷한 간판도 걸고 두꺼운 나무로 된 문을 유리문으로 교체하였지만 번듯하게 바뀌지는 않았다. 처음부터 설계가 제대로 된 집이 아니었고 자투리 공터를 활용하여 확장할 수밖에 없었으니 집 모양이 이등변 삼각형 비슷하게 길쭉하게 늘어지고, 낮은 지대여서 납작한 모양새가 초라한 집이었다. 게다가 천장이 터무니없이 낮아서 머리가 부딪치는 경우도 많았다. 공터를 완전히 없애서 학교 담을 도랑에 바짝 붙여 쌓았기 때문에 집은 더 이상의 확장을 멈출 수밖에 없었다. 두꺼운 나무 문은 목재소에서 버리는 것을 얻어다 사용했던 것인데, 한꺼번에 열었다가 한꺼번에 닫아야 했다. 어른 남자만이 간신히 여닫을 수 있을 만큼 힘든 일이었다. 게다가 새벽부터 한밤중까지 문을 열어놓아야 했기에 관리가 힘들었다.

이미 가게는 사양길로 접어들고 있었다. 10년 가까이 사용했던 나무 문을 유리문으로 바꾼 것은 마지막 몸부림이었을 뿐이다. 우리 가게는 간판도 달고, 젊은 모습으로 단장하려 했지만 변화의 물결을 따라잡기는 턱도 없었다. 간판은 맞춤 제작했지만 유리문 역시 판자때기 문처럼 새것이 아니었다. 바닥에 까는 레일까지 같이 가져온 유리문은 나무 문과 사이즈가 달라서 벽돌로 턱을 만들어서 높이를 맞추어야 했다.

송덕이네
밥상

아버지는 군복무를 마친 스물두 살 고향을 떠났다.

제대 후 결혼식을 올리고 충북 고연에서 한 해 농사를 지으며 살았지만, 뼈 빠지게 일해도 입에 풀칠하기 어려운 가난을 자식에게 물려주지 않으려면 이 산골을 떠나야만 했다.

양식이 모자라서 누나들 넷 중 한 명은 일본에 양녀로 팔려갔고, 나머지 누나들도 급하게 시집을 보내고 초가삼간에서 남동생과 어머니 두 식구가 살고 있었다. 그 단칸방에 신랑신부가 끼어 한 해를 살면서 점차 아버지의 결심은 단단해졌다. 아버지는 자갈밭을 일구고 날품까지 팔면서 닥치는 대로 일했지만 일 년 농사가 벼 여섯 가마에 콩 한 말이었으니 겨울 양식으로도 충분하지 않아 어쨌든 다른 일거리가 필요했다. 그 와중에 남동생과 펜팔을 하던 아가씨가 적극적으로 서둘러서 살림을 합치게 되었다. 주변머리 없이 착하기만 한 남동생에게 등기 없는 시골집과 부쳐 먹던 논밭이라도 물려줄 수밖에 없었다. 고향을 떠나면서 찾아간 곳이 군대생활을 했던 조치원이었으니 그 자리가 제2의 고향처럼 든든했던 것이다.

아버지는 그렇게 맑은 강물에 모래무지, 버들치가 유유히 헤엄치는 화양계곡을 떠나야 했다. 봄이면 배가 고파 소나무껍질을 벗기고 종일 쑥을 캐러 다녔던 곳, 산에 올라 고사리를 뜯고, 비가 온 후면 산골짝 구석구석을 누비면서 버섯을 따던 고향을 등지고, 기찻길과 역전, 군인 훈련소가 있는 조치원으로 향했다. 군대생활 때 만난 몇몇 지인들에게 의지하려 함이다. 고연에 비하면 큰 도시여서 아버지 나름으로는 패기만만한 도전의 첫걸음인 셈이다.

그런데 당장 머물 곳이 없으니 어쩌랴?

시원시원한 성격의 아버지였지만 침산동 송덕이네를 찾아가 말을 꺼내기는 쉽지 않았으리라. 송곳 꽂을 마당 한 뼘 없는 집과 몸뚱이밖에 없는 송덕이네 아저씨 사정을 잘 알면서도 어쨌든 비벼댈 수밖에 없었다. 아저씨는 한숨만 쉬며 담배에 불을 붙였다. 차마 얼굴을 마주볼 수 없어 눈만 껌벅대며, 안절부절 못하는데.

"방 한 칸 비워줌세."

짧고 투박한 평안도 억양의 대답을 듣기까지 오랜 시간이 필요하지는 않았다. 작은 방 두 칸에서 여덟 식구가 간신히 사는 그 틈을 비집고 젊은 부부가 끼어든 셈이다. 참으로 염치없는 노릇이었지만 그 이상 아무 방법이 없었다.

그 후 군대에서 부식 납품을 맡았을 때 거래했던 송덕이 아버지는 혈육붙이 이상 가까운 인연이 되었다. 일곱 살에 부친을 잃은 아버지에게 송덕이 아버지는 친아버지만큼 든든한 이웃이자 후원자였던 셈이다. 송덕이네는, 하루 끼니를 걱정할 만큼 가난한 살림에도 불구하고 인심이 후덕한 집이었다. 보리밥이나 수제비일망정 맛깔스럽게 이웃과 밥상을 나누는 풍요로움을 본받고 싶은 어른이었다.

예나 지금이나 아버지가 추구하는 가치관은 단순했다.

"일은 미룰수록 손해여, 상황이 터지면 후딱 해치워야 그만큼 나도 편한겨."

"할 일 했으면, 하루 세 끼 맛있게 먹는 게 최고여."

과연 송덕이네서 차려준 밥상이 그토록 맛있었을까? 아버지

18

의 기억은 요술을 부리듯 맛있어지는 비결인 양 되새김질된다. 그중 '된장 투가리 밥상' 이야기는 들을 때마다 입맛이 땡긴다. 나도 그런 밥상을 받고 싶고, 누군가에게 주고 싶다는 간절함을 불러일으킨다. 그 밥상에게 품는 질투 때문일까? 흑백영화필름이 반복되듯 선명하게 클로즈업되는 젊은 아버지의 모습은 눈이 부시다.

군복을 입은 사내가 쌀자루 메고 쿵 자랑스럽게 나타났으니 구세주처럼 반가웠을 것이다. 군대 물품은 반납이 없던 시절, 갑작스러운 행군으로 먹거리가 남았던 날이다. 게다가 송덕이네는 두 달 가까이 식량이 떨어졌었다니 그 쌀자루가 오죽 반가웠겠는가. 송덕이 아줌마가 겸연쩍은 웃음으로 상을 내려놓는다. 맹물에 된장만 넣고 짭짤하게 끓인 투가리와, 숭늉 한 그릇을 담아낸 밥상이 민망스러워 어쩔 줄 몰라 하는 것이다. 하지만 아버지가 맛있게 그릇을 비우고,

"밥 더 먹어도 돼유?"

너스레를 떨면서 분위기가 아랫목처럼 따끈따끈하게 데워진다. 밥상이 집안의 자존심이고, 인정을 담던 시절이었다. 쌀밥처럼 하얗게 피어나는 웃음꽃에 빛나는 거무스름한 아버지의 환한 얼굴. '된장 투가리 밥상'의 사연은 결국 송덕이네와 아버지가 맺은 끈끈한 인연인 것이다. 가진 것 전부를 끌어모아 정성

껏 차린 밥상의 맛은 다른 무엇과도 비교가 불가능한 것이었다.

아버지는 좋은 인간관계를 위해 모든 것을 바칠 각오가 되어 있었기에 나쁜 말을 들어본 적이 거의 없다.

"박 씨처럼 경우 바른 사람은 드물어. 세상 사람을 통째로 못 믿어도 박 씨는 믿을 수 있고 말고."

"어서 와, 박 씨가 있어야 재미가 있지."

"박 씨처럼 통이 커야 되는 거여."

부대에서 부식 납품을 하다 보면 양념이나 재료가 남아도는 것이 생기니 그때마다 송덕이네 집을 찾았던 게 인연이 된 것이다. 잦은 왕래를 할 수밖에 없었는데, 송덕이네가 굶기를 밥 먹듯 하는 살림이라 무 하나, 파 한 뿌리도 요긴했기 때문이다. 만만한 식당이 없던 시절이었기에, 훈련을 나와 밥을 사 먹을 일이 있으면 무조건 그 집에 맡겼다. 부식만 가져다주면, 양념도 아끼지 않고 밥도 얼마든지 푸짐하게 주는 인심에 한번 먹어본 사람들은 뒷공론이 좋았다. 덕분에 아버지까지 좋은 평판을 얻어서 부식, 식사 관련하여 더 많은 일들을 맡을 수 있었다. 푼돈이나마 송덕이네는 벌이가 되었고, 송덕이네를 발판 삼아 조치원 봉암 51사단에서부터 인근 신흥동, 침산동, 월하리, 청주까지 발을 넓히며 이웃을 사귄 인연은 뒷날 아버지의 장사에 큰 밑천이 되었다.

당시에는 군대만큼 물자가 흔한 곳이 드물어서 아직 제대하지 않은 군대 친구를 만난 것이 결정적인 힘이 되었다. 기영이라는 친구가 집 짓는 데 쓸 만한 나무를 모아보겠다 하였고, 십시일반으로 만나는 친구들마다 무엇이든 보태려고 했다. 송덕이네 이웃까지 가세하여 틈만 나면 벽돌도 옮겨주고, 흙 한 삽이라도 가져다주었다. 송덕이네 손바닥만 한 마당에 물건들이 쌓였다. 많은 사람들에게 격려를 받았고, 도와주겠다는 말 한마디일망정, 그렇게 든든할 수가 없었다.

일단 집터를 마련하기 위해 무작정 돌아다녔다.

그러다가 대동초등학교 담벼락에 시선이 꽂힌 것이다. 학교 담벼락과 도랑 사이가 펑퍼짐하니 집터 비스름하게 아늑해 보였을 것이다. 아버지 눈에 그려진 밑그림은 오직 방 한 칸이었다. 소박한 밑그림을 품고, 길에서 푹 들어간 도랑 옆 빈터를 다듬으며 집짓기는 뚝딱뚝딱 시작되었다. 시작이 반이라는 말만 믿고, 눈에 띄는 대로 자재들을 모았으니 밑천 없는 집짓기이다. 천막 한 토막이면 하늘을 가렸고, 판자때기 조각에 헌 가마니라도 붙여놓으면 하꼬방 비슷한 모양새가 되었다. 한 땀씩 바느질하듯 밑그림을 실체화하면서, 닥치는 대로 일거리를 얻어 돈을 벌었고, 일이 없으면 흙이라도 파서 나르며 집짓는 시간이 흘러

갔다. 천 쪼가리, 쇠붙이 하나라도 줍기 위해 땅바닥만 뚫어지게 뒤지고 다니며 집짓기를 꿈꾸는 청년가장의 표정은 기관차의 위세만큼 저돌적이었다. 그렇다 할지라도, 군대 친구들이 틈틈이 헌 목재들을 날라다 주지 않았다면 집의 완성은 불가능했을 것이다. 아버지는 쉽게 시작하는 장점이 있었지만, 항상 뒷마무리는 전적으로 주변 사람들의 힘에 의지한 것 같다.

집이 형체를 갖추기 시작하면서 고향의 어머니를 급히 모셔와 정식으로 이사를 했다. 비록 부엌도 없이 도랑 옆에 솥을 걸고 끼니를 끓였지만 최초로 내 집 마련에 성공했으니, 고생한 보람이 기대보다 더 컸다. 방 한 칸짜리지만 발 뻗고 자는 잠이 워낙 달아서 안 먹어도 배가 부를 지경이었다. 그동안 송덕이네 가족들이 뿔뿔이 흩어져 한뎃잠을 자는 것이 얼마나 미안했던가? 게다가 남산만 한 배로, 한 시간 이상 걸어서 밥을 나르는 아내가 발목을 다쳐 더 이상 걷기가 힘든 상황이었다.

아버지는 조치원 신흥동 그 집을 한 뼘 두 뼘 넓혀 가게를 만들면서 20년 가까이 살았다. 첫째는 잃었지만 4남 4녀 출생신고를 하였고, 한 달에 20킬로 정부미 두 부대로 식술들을 키워냈다. 고등학생 둘, 중학생 둘, 초등학생 둘, 아버지의 호탕한 목소리는 여전했지만 속으로는 덜덜 떨고 있었을 것이다.

"공부만 잘하면 기집애든, 사내든 가리지 않고 대학공부까지 시키겠다."

큰소리치며 떵떵거렸는데 팔남매가 모두 공부를 잘했으니 뒷 감당을 어찌할 것인가?

담벼락 너머
대동국민학교

대동국민학교와 보육원은 신흥동의 음지와 양지였다.

취학 전의 학교는, 널찍한 운동장과 아름드리 나무들, 잘 가꾸어진 꽃밭이 다정하게 손짓하는 특별한 놀이터였다. 그 앞에만 가면 학생이라도 된 듯 황홀했기에 발을 멈추고 기웃거리곤 했으리라. 그와 반대로, 보육원은 숨어 있거나 닫힌 것처럼 기억 자체가 덩그러니 잘라져버렸다. 그랬다. 신흥동에는 학교의 절반 크기 보육원이 있었는데도 그 기억의 흔적 찾기가 어려운 것이다. 기억 없음이 믿겨지지 않는, 그런 이상한 기분은 어디에서 오는 것일까? 있었는데 없었던 것 같은 느낌, 보아도 보이지 않는 허공의 그림자처럼, 어떻게 그럴 수 있는 것일까? 무엇 때문에 큰 부피에도 불구하고, 마주침을 거부한 채, 건너뛰고 통과해버리는 투명함으로 존재했던 것일까? 따뜻한 눈길 한번 받지 못한 채, 신흥동의 고독한 섬처럼 떠 있었던 것일까? 대동국민학교와 보육원의 그림이 겹쳐질 때마다 마음이 혼란스러운 것은 물과 기름처럼 서로를 받아들일 수 없었던 기억들 때문이다.

먼저 대동국민학교 이야기부터 시작해보는 것이 좋겠다.

초등학교라고 하기보다 '국민학교'라 불러야, 편안했던 아득한 시절의 기억이 아슴아슴 떠오른다. 신흥동 아버지의 집 뒷담에서 학교 건물을 바라보면 학교를 내려다보면서 살고 있다는 것 자체가 괜히 죄를 짓는 기분의 민망함이 있었다. 지금도 그때 그 복잡하고 막막한 심정에 가까이 가면 마음이 아프다.

학교와 집의 경계에 담이 있었다. 밥풀때기나무가 바짝 붙어서서 봄이면 다닥다닥 빨갛게 꽃송이를 터뜨렸던 그 담이다. 항아리와 담벼락 사이 작은 틈새에 할머니는 백일홍, 봉숭아, 깨꽃, 함박꽃, 채송화를 가꾸셨다. 식구가 늘면서 항아리도 늘고, 그만큼 꽃은 줄었을 것이다(청천면 고연리에서 할머니와 고락을 함께 한 장항아리들은 150년 이상 된 것들인데 일부는 지금까지 내가 가지고 있다). 먹고살기에 여유가 없었던 1960년대, 신흥동의 작은 판잣집 뒤꼍에 계절마다 새롭게 피었던 담벼락

꽃들은 얼마나 명랑하고 당당했던가? 덩달아서 그 꽃을 바라보는 순간만큼은 나도 남루함의 그늘에서 벗어날 수 있었다. 왜 그랬을까? 그 시절에는 배움의 끈이 짧은 부모와 줄줄이 사탕 동생들이 마냥 부끄러웠던 것이다.

철이 들면서 그 담벼락이 '학교 담'이라는 사실을 알게 되었다. 우리 집 담이 아니란 사실은 어린 나에게는 '경계'에 대한 첫 경험이 되었다. 담 하나를 사이에 두고 학교와 집이 나뉘듯이 같은 공간에서도 보이지 않는 경계를 예민하게 느끼게 된 계기가 된 것이다. 그 경계만큼 학교는 나에게 가깝고도 먼 존재였으니, 유년의 학교 담벼락은 나에게 보이지 않는 자물통이자 그것을 열 수 있는 가능성 같은 것이 아니었을까?

소사 아저씨만 허락해주면 얼씨구나 좋다고 취학 전부터 풀방구리에 쥐 드나들 듯 촐랑촐랑 교문을 넘나들었다. 소사 아저씨는 신흥동 사람들 앞에서 높은 사람 흉내를 내며 무게를 잡았는데 그럴 만도 했다. 재래식 변소 푸는 일 말고는 자전거만 타고 왔다 갔다 하는 사람이었기에, 동네사람들의 부러움을 한 몸에 받았던 것이다. 동네 어른들에게는 관의 녹을 받는 월급쟁이라는 것이 높아 보였고, 어린애들에게는 학교를 밤낮으로 지킨다는 것이 중요한 직책으로 여겨져서 우러러 보였다.

반들반들 윤이 나는 운동장과 잡초 하나 없는 교정의 산뜻함이 학생들의 고사리손 노동 때문임을 두 눈으로 보면서도, 학교에 갈 날만 손꼽아 기다렸다. 학교라는 말, 그 속에는 배움에 대한 갈증이 뱀처럼 똬리를 틀고 있었고, 지긋지긋한 가난을 벗어날 수 있다는 기대감도 풍성했다. 지형적으로도 신흥동의 중심이었지만 그보다 학교라는 존재가 희망의 실체로, 두근두근 설렘을 주던 시절이었다.

그때는 그랬었다. 교정의 은행나무 그늘에서 부채질을 하며 쉬는 어르신들은,

"참 좋은 시상이여. 우리는 핵교 문턱도 못 밟아 보고 새벽부터 밤까지 일만 해도 굶는 일이 다반사였는디 말여."

"핵교에서 노는 건 언감생심 꿈도 못 꿀 일이었지."

전쟁을 겪은 어르신들이 뱉는 신세한탄은 현재를 긍정하는 힘이 되곤 하였다. 나는 학교 운동장에서 축구를 구경했고, 오징어놀이를 하고, 자전거를 배울 수 있음을 축복처럼 여겨야 한다고 세뇌당한 베이비붐 세대였다. 오백 년 연륜의 은행나무 그늘에서 할머니들이 도란도란 나누는 옛이야기를 들으며 아이들은 개미똥구멍을 핥아 먹으며 시다, 쓰다, 달다 서로 우겼다. 나는 입에 대는 척하면서 큰 소리로 '시다'고 우겼는데……그 애들 중에서 영복이, 현순이는 그때 그 할머니처럼 손자 손녀를 돌보며 살고 있다고 한다.

도끼야,
도끼야

보육원은 섬처럼 고독했다.

보육원의 실체는 취학 후 조금씩이나마 알게 되었다. 이전에는 몰래 숨겨둔 불륜의 자식처럼 취급당해서인지, 눈길조차 줄 틈 없이 외면하며 지나쳤을 뿐이다. 보육원은 그렇게 신흥동의 의붓자식처럼 떠돌았다. 입구가 좁고 곁에서 잘 안 보이게 가려 있었던 것으로 기억된다. 하지만 정작 그 안을 들여다본 것은 대학 졸업 이후였다. 건물이 꽤 큼직하게, 방, 식당, 사무실이 분류되었고, 운동장도 매우 넓고 나무들도 울창한 곳이었다. 신흥보육원은 봉사 활동하러 다녔던 장소들과 닮았지만 전혀 다른 불편한 느낌으로 다가왔다. 유년의 함께 부딪쳤던 시선들이 녹아 있기 때문일 것이다.

보육원 애들은 학교에서도 섞이지 못한 채 물과 기름처럼 따로따로 뭉쳐 있었다. 대부분 '미제'라는 추리닝 스타일의 옷을 단체로 입어 어디서나 눈에 띄었다. 게다가 움츠리고 다녀서 왜소한데, 마주보면 그늘진 날선 느낌이 왠지 외로워 보였다. 보육원 애들이 우르르 몰려다닌다는 인상을 받은 것은 한마디씩 보태는 사람들 때문일 것이다.

"말 안 들으면 니네 엄마도 멀리 도망갈지 몰라. 엄마 없으면 니네도 보육원에 가는 겨."

이 한마디에 벌벌 떨었다. 보육원은 나쁜 애들, 말 안 듣는 애들끼리 모여서 날마다 벌을 받는 것처럼 각인되고 말았다.

"보육원 애들은 거짓말을 밥 먹듯이 한댜. 저렇게 몰려다니면서 뭔 일을 저지를지 모른다니께."

외상값이나 떼어먹는 사람들이 이런 말을 하곤 했다. 인정머리가 있거나 마음씨가 좋은 사람들은 오히려 아무 말도 하지 않고 짠한 표정으로 혀를 차며 안타까워했다.

"어정쩡한 부모 만나 고생하느니 똑똑한 애들은 보육원에 있는 게 낫지, 안 그려? 보육원에서도 고등학교 대학교까지 교육시켜준댜."

31

"그뿐인가? 하루 세 끼 꼬박꼬박 먹여주잖어."

"근디, 보육원에 들어가기도 힘들다매?"

"갓난아기를 일부러 보육원 앞에 몰래 버리고 도망치는 부모도 있댜."

저 애들이 보육원 애들이구나. 왠지 께름칙하고 무섭게 생각했었는데 전혀 아니었다. 고개를 숙인 채 움츠린 모습에서 몸을 숨기고 싶어 하는 속마음이 안쓰러웠다. 애들이 무슨 잘못인지 항변하고 싶을 만큼 죄인 취급당하는 것이 억울했다. 나는 가끔 보육원 애들을 부러워했다. 부모가 없다는 것은 가족에 대한 의무도 없다는 것이고 그만큼 자유로울 수도 있을 것 같았다. 그래 줄줄이 사탕처럼 늘어선 동생들 안고, 업고, 기저귀 가느라 고달프지는 않겠지. 학비 때문에 눈치 보거나 하지는 않겠지.

줄무늬 샤쓰를 입은 애들이 단체로 어디를 다녀오는 길인 것 같다. 앞에는 키가 작은 애들이 종종걸음으로 바삐 걷는데 뒤로 갈수록 몸집이 크고 걸음도 여유롭다. 그러다가 갑자기 열 명 가까이 가게로 들어온다. 이것저것 물어보면서 혼을 빼놓는다. 그러는 도중에 조무래기 두 명이 수박 작은 것을 한 개씩 들고 달아났으니 순식간에 일어난 일이다.

얼이 빠져 있던 엄마는,

"도둑이야"

소리 지르는 술집할머니의 팔을 오히려 잡아끌어 앉힌다. 그러더니 황당하게도.

"아줌니, 냅두셔유. 어린것들이 얼매나 먹구 싶었으믄 그랬겠어유."

"맘만 좋으면 뭐혀! 바늘 도둑이 소 도둑 되는 거여. 어릴 때 잡아서 모질게 가르쳐야 되는 겨."

사실, 우리 가족은 잘 익은 수박 한 통을 쪼개서 맘 놓고 먹어본 적이 없다. 운반하다 잘못하여 부서지거나 너무 잘 익어 저절로 금이 간 수박, 너무 오래되어 꼭지가 시들시들해진 수박, 안익었다고 다시 바꿔달라고 가져온 속이 허옇거나 곯기 직전의 수박만 먹었다. 그런데 푼돈에 벌벌 떠는 엄마가 수박 두 통을 도둑맞고도 이렇게 대범한 소리를 하다니, 나는 어리둥절한 표정으로 엄마 얼굴만 빤히 쳐다보았다.

환한 대낮에 어이없는 일을 당해서 동네가 시끌벅적했다. 아버지가 이 소식을 전해 듣더니 다음에는 꼭 잡으라고 단도리를 한다.

"그 애들이 보육원 애들이 아녀."

"그게 뭔 소리래유?"

"훔친 애들은 보육원 애들이 아니라니께."

"그걸 어떻게 알어유?"

"보육원에 달려가서 바로 확인하면 금방 들켜서 쫓겨날 텐데. 보육원 애들이 즈이 동네에서는 절대로 그런 짓 못하는겨."

"그럼 누가 그랬다는 거유?"

"그러니께 잡아서 대질심문을 해야지. 괜히 멀쩡한 애들을 의심하면 안 되는겨."

보육원 애들이 지나갈 때, 뒤에 쫓아다니는 애들이 방패막이로 이런 짓을 저지르는 경우가 많다고 한다. 그러면 잡지 않고 봐주기 때문에 애꿎은 보육원 애들만 이용당하고 의심받는다는 것이다. 보육원 애들이 억울하게 의심받는다는 확신을 갖게 된 것은 그때부터였다. 보육원 애들은 학교에서도 물건이 없어지면 무조건 첫 번째로 의심을 받았다. 한밤중 우리 집에 도둑이 들어왔던 그날도 그랬다.

동네에서 가장 큰 가게를 운영하면서 복숭아 장사도 했으니 돈 많이 번 집이라고 소문이 났다. 그 소문은 어쩌면 아버지가 만들고 있는지도 몰랐다. 아버지는 수입의 열 배, 스무 배 이상 부풀려서 말하는 재주가 있었다. 게다가 집안 곳곳에 현금뭉치가 있었으니 내 눈에도 돈은 흔한 것처럼 보였다. 가게에는 나무로 만든 돈통이 있는데 잠금장치도 없었다. 엄마는 돈을 넣는 앞치

마를 항상 차고 있었다. 아버지는 지폐를 정리해서 따로 안방 장롱서랍에 넣었다.

밤에는 모든 돈을 꺼내놓고 세는 일이 일과의 마지막이었다. 옆에서 구경하고 있으면 동전을 열 개씩 세어서 종이로 돌돌 마는 일을 돕도록 했다. 열 개씩 세서 죽 늘어놓으면 아버지는 종이로 포장했다.

돈을 셀 때, 들여다보는 사람들은 부러운 마음을 한마디씩 던졌다.

"이게 다 오늘 하루 번 돈이여?"

"본전 빼면 남는 건 몇 푼 안 돼유."

"날마다 이리 많은 돈을 벌어서 다 뭐한댜?"

"돈이야 실컷 만져보지만. 근디 이렇게 돈 만질 때만 내 돈유. 만져만 보고 다 나가버리면 빈 손바닥이라구유. 나갈 구멍이 워낙 많으니 빛 좋은 개살구유."

소문 때문인지, 겨우 잔돈푼 버는 집에 도둑이 연거푸 세 번이나 들었다.

첫 번째는 액땜이라고 위로하고, 대충 넘어갔다. 그런데 한 달도 안 되어 두 번째 도둑이 들자 경찰에 도난신고를 했다. 동네에 사는 순경이 조사도 하고 보초를 서주겠다고 해서 그렇게 소문도 냈다. 좀도둑 같으면 겁이라도 먹을 것이라고 하면서 집안

단속과 단도리에 주의했다. 휴대용 금고라는 것도 마련했다. 비밀번호가 있어서 잠금장치가 철저했고, 동전과 지폐를 구분하게 되어 있으며 고액권 지폐는 따로 넣을 수 있는 금고였다. 가게의 우중충한 분위기에 어울리지 않게 금고는 번쩍거렸고 컸다.

한 달쯤 지나자 도둑질 재미를 못 잊어 다시 올 때가 되었다고 작정을 하고 기다렸다. 아버지는 한 달째 초저녁에 잠깐 눈을 붙인 후 자정 전부터 눈을 뜨고 자는 체 기다렸다.

"도끼야! 도끼야!"

한밤중의 고함 소리에 눈이 번쩍 떠졌다. 깜짝 놀란 동네사람들이 방 안 가득 모였는데 엄마는 빙 둘러선 사람들의 가운데 앉아 정신 나간 사람처럼 계속 '도끼야! 도끼야!' 외치고 있었다.

"정신 차려 이연 엄마, 뭐가 어떻다는 거여, 도둑이 도끼를 들고 왔어? 왜 이러는 거여? 말 좀 해봐."

동네사람들이 엄마를 흔들었지만 엄마는 담 밖만 멍하니 쳐다보다 일정한 간격으로 '도끼야!'를 외쳐댔다. 엄마의 넋 나간 외침은 새벽까지 이어졌다.

아버지는 초저녁에 잠이 들었다가 갑자기 '도끼야, 도끼야' 하는 외침에 퍼뜩 잠이 깨었으나 이미 문이 열려 있고 돈통이 없어진 뒤였다. 순간적으로 아버지는 '도둑이야' 외치면서 학교 담 쪽으로 달려 나갔다. 몇몇 아저씨들이 함께 달려가서 도둑을 잡았다. 몇 명이 각기 다른 방향으로 도망치는 바람에 다 잡지 못하고 한 명만 잡혔다.

하필 이웃동네에서 살고 있는 순경 딸이었다. 불량스럽고 악의적인 분위기와 반대로 잘사는 집 딸이라니, 참 이상한 일이었다. 도둑이라는 이미지와 어울리지 않게 작은 몸집에 들국화처럼 예쁘장한 소녀였다. 착한 애였는데 남자를 잘못 사귀어서, 도둑질에 합류했다는 것이다. 아버지인 순경은 그런 딸 없다고 교도소에 집어넣으라고 잡아떼었다. 소녀의 엄마가 찾아와서 천천히 갚겠다고 교도소에 넣지 말아달라고 사정하는 바람에 어렵게 잡은 도둑을 놓아주고 돈도 되찾지 못했다. 그동안 고아원 애들만 애꿎게 의심받은 것이 미안했다.

엄마는 그때를 떠올리면 지금도 몸이 오그라붙는 것처럼 무섭다고 했다.

"숟가락 문고리를 빼느라고 덜그럭거리는 소리에 잠이 깼겨. 몸을 일으키는 순간 문을 열고 들어서는 남자와 눈이 딱 마주치는데 몸이 오싹하게 얼어붙고 오금이 저려 말도 안 나오고 도대체 움직일 수가 없는겨."

"똑바로 봤으면 얼굴을 기억하겠네."

"깜깜한데 눈만 번뜩번뜩 하더라닝께. 웬 눈깔 하나가 쏘아보

37

는데 왜 그렇게 무섭던지."

"도둑도 놀라서 눈을 크게 뜬 거 아녀?"

"그럴라나? 아이고, 그런 무선 꼴은 다시 만나지 말아야지. 벌벌 떨리기만 하고 말여. 이연 아부지를 깨워야 하는디 움직일 수가 있어야지."

"남자인지는 어떻게 알았댜. 잡힌 도둑은 여자래잖여."

"그게 눈만 보였는디두 여자라는 느낌은 없드만. 남자인 건 분명햐."

"나를 노려보면서 걸어 들어와서 돈통을 들고 자신 있게 나갈 때까지 벌린 입으로 꼼짝도 못하고 있었으니 그게 무슨 조화속인가 몰러. 무슨 약으로 마취시킨 거 맨치로 꼼짝을 못하고 눈을 떴는데도 돈통 집어가는 거 뻔히 구경만 했다니께."

"그런데 왜 엉뚱하게 '도끼야' 소리가 나왔어요?"

"입속으로만 돈통, 돈통 맴도는디 도둑이 돈통을 들고 나가는 순간 갑자기 말이 터지는디 도끼, 도끼 했다니께. 모르지, 나는 돈통, 돈통 한 것인디. 이연이 아부지는 내가 도끼, 도끼 하니께 도끼로 어디를 맞았나 나를 살피느라 도둑을 뒤늦게 쫓아갔댜. 그래서 그 남자 도둑은 못 잡고 여자만 잡았대잖여."

"순경 딸을 잡았으믄 나머지 일당들 다 잡는 거 시간문제 아녀?"

"웬걸, 그 뒤로 흐지부지되고, 미성년자라 처벌도 받지 않는대나 뭐래나? 어쩔 거여, 자식 키우는 사람이 서로 사정 봐줘야지."

이후 동네 순경은 이사를 갔고, 가끔 마주칠 일이 있어도 그쪽에서 먼저 외면을 했다 한다. 배상은커녕 사과도 못 받았다고 아버지는 서운해했다.

"배울 만큼 배운 사람이, 그러면 안 되는겨. 미성년자라 처벌을 안 받는 건, 부모가 책임지라는 거 아녀? 나는 안 배웠어도 그만한 이치는 알겠는디."

뒤끝이 없는 아버지가 그 일만큼은 오래 마음에 담았음에도, 당사자에게는 서운한 말을 한마디도 하지 못했다는 것을 나는 안다.

점심시간
되새김질

뚜우우우우우.

정오 사이렌 소리가 이끼처럼 가렵고, 뱀처럼 꿈틀거리며 몸 속 깊이 길게 파고들었다. 배가 고팠고, 알 수 없는 허기와 불만 이 치밀어 올랐다.

"점심 먹으라고 알려주는 소리래."

갑자기 치미는 어지럼증은 '점심'이라는 말 때문이다. 우리에 게 점심은 따로 없었다. 어른이 없는 집에서 술지게미를 먹다가 얼굴이 발갛게 달아오르면 술 취한 흉내로 놀기도 하면서 끼니 를 때우기도 했다.

"누구한테 알려주지?"

"공장에 다니는 사람들, 그리고 학생들에게 점심시간 알려주는 거래."

엄마가 제사공장에 다니는 영혜가 두 눈을 동그랗게 뜨고 또박또박 설명해준다. 나는 고개를 끄덕일 수밖에 없었다. 우리 집에서도 아버지 한 사람만 점심상 받는 걸 당연하게 여겼고, 남긴 음식조차 남동생 차지일 뿐 내 몫은 없었다.

그래서일까? 점심시간 사이렌 소리를 들으면 더욱 배가 고팠다. 집에 있는 여자들만 점심을 굶어야 하는 현실 때문이다. 조치원읍에는 제사공장이 있었고, 가발공장, 가마니공장이 있었는데 공장에서는 점심시간만큼은 반드시 지켜야 한다고 했다. 도시락을 싸오지 않으면 쫓겨난다는 말도 들었다.

밤 열두 시에 울리는 사이렌은 도둑, 간첩 등 수상한 사람을 잡는 신호란다. 초저녁잠이 많아 자정 사이렌 소리를 듣는 경우는 거의 없었지만 어쩌다 잠이 깨서 그 소리를 들으면 검은색 안경을 끼고 힐끔거리며 산을 헤매는 실루엣이나, 큰 자루를 들고 담을 넘는 험상궂은 얼굴이 떠올라 잠을 설치곤 했다. 시계가 없던 시절, 하루에 두 번 울리는 사이렌 소리는 실체 없는 허기와 두려움을 일깨우며 일상의 평화를 침범했다.

아버지가 교문에서 내려 터덜터덜 검은색 짐 자전거를 끌고 들어오신다. 멀리서 보이는 아버지는 검은색 짐 자전거처럼 칙칙하고 무겁다. 지금은 한 달 가까이 지각을 핑계 삼아 굶고 등교하며 아버지와 '무언의 투쟁'을 벌이는 중이다. 도시락을 가져가지 않으려고 아침을 굶었지만 솔직히 빵도 사먹었고, 친구의 도시락을 나누어 먹으면 오히려 편안하고 좋았다. 그런데 아버지는 이 상황을 결코 이해할 수 없었을 것이다. 식량이 떨어진 것도 아닌데, 멀쩡하게 두 눈 뜨고, 아침, 점심 두 끼를 굶는 상황을 어떻게 이해한단 말인가? 결국 도시락 배달을 자처한 것은 아버지 나름의 해결 방법이었다.

　도시락을 몰래 까먹는 아이들, 오직 도시락 먹을 시간만 기다리는 아이들조차 나는 그저 부럽기만 했으니……. 감수성 예민한 초등학교 4학년 소녀에게 점심시간은 사라지고 싶을 만큼 힘들었다. 그 두려움의 시초는 사소한 것이었다. 집에서 늘 깡보리밥을 먹었기 때문에 도시락도 당연히 깡보리밥을 쌌을 것이다. 도시락을 여는 순간 친구들의 하얀 쌀밥과 나의 검정 보리밥의 대비부터 얼굴이 화끈 달아오르는 부끄러운 기억이었다. 이후 교실에서 도시락을 먹을 때면 감추고 싶은 누추함을 검열받는 사람처럼 불안했다.

　아버지가 가져온 따뜻한 도시락조차 몰래 숨겨야 했다. 혼분식 검사 때문이다. 1976년 조치원여중 혼분식 도시락 검사의 기억은 사춘기 소녀의 삐딱한 반항심으로 이어진다. 나는 점심시간마다 회초리를 들고 다니면서 도시락 뚜껑을 딱딱 두들기던 담임선생님에게 스멀거리는 반발심을 감출 수가 없었다.

"쌀이 보이면 안 된다고 했지? 이잉, 손 내밀어!"

억울하다. 깡보리밥만 먹고 살았는데, 보리쌀보다 싸다고 요즘 정부미로 바꾸었기 때문이다.

"저희는 정부미를 먹어서 정확히 30프로 혼식인데요!"

"증거 있어? 여기 다른 애들을 봐. 보리밥이 이렇게 까맣게 덮어야지, 너는 쌀보리가 섞여 있잖아. 어디서 요령을 부리려고 그래. 잔말 말고 손 내밀지 못해! 하나, 둘, 셋."

"너는 벌로 한 대 더 맞아라! 이잉."

딱.

우리들끼리 있을 때는 혼분식 검사로 인한 반항 심리가 시시콜콜 표출되었지만 선생님 앞에서는 '고양이 앞의 쥐'처럼 얌전한 모양새의 70년대 여중생들이다. 오히려 담임선생님의 오버액션과 유머러스한 '이잉' 군말 추임새에 아이들 웃음소리가 '까르르' 터진다.

그 혼분식 검사도 쌀밥 위에 한 줄만 보리밥을 덮어 통과하는 눈 가리고 아웅이었다. 나는 엉터리 도시락 검사가 억울해서 도시락을 싸지 않거나, 식빵 도시락으로 일주일 이상 버티곤 했다.

그렇게 굶기를 밥 먹듯이 하다가 일숙이가 큰 도시락에 꾹꾹 눌러 싸온 밥을 함께 먹었다. 혼분식 검사로 얼룩진 상처는 그렇게 일숙이와 도시락을 먹으며 날려 보낼 수 있었다. 그리고 합창하듯 흥얼거리던 혜은이의 노래도 들린다.

당신은 모르실거야
얼마나 사랑했는지
세월이 흘러가며는
그때서 뉘우칠거야

일숙이는 마지막 남은 한 순갈을 늘 양보하여 내가 얻어먹는 불편함을 느끼지 않게 배려했다. 나를 위해 기뻐했던 일숙이 얼굴이 쌀밥과 장아찌와 김치 반찬의 명랑한 표정들과 겹친다.

"애개! 하나잖아? 집에서 먹는 것처럼, 통째 싸달랬더니 달랑한 개네?"
작은 유리병에 무청이 길게 달린 허연 알타리 무김치를 도시락 뚜껑에 펼쳐놓고 우적우적 씹어 먹는 선영이가 부러웠다. 틈만 나면 거울만 보며 얼굴을 매만지고 깔끔 떠는 새침데기가 먹는 모습은 어찌나 털털한지. 1980년 충남여고 고3 교실의 도시락

먹는 풍경을 떠올리면 지금도 그렇게 뇌신경들이 위장을 자극해서 부대끼는 느낌이다.

10시까지 야간자습을 하면서 점심, 저녁 두 번의 도시락이 나에게는 고역이었다. 도시락을 싸오지 않은 아이들은 운동장을 돌거나 매점에서 빵을 사 먹다가 친해지면, 귀퉁이 벤치에서 이야기를 나누었다. 굶거나 빵을 사먹으며 버티기도 했는데 담임 선생님의 관심이 부담스러워서 억지로 도시락을 싸야만 했다.

"쌀이 떨어졌니? 선생님이 도와줄까?"

"…… 아니요."

"소화가 안 되면 병원에 가봐야지."

"…… 괜찮아요."

"힘들수록 꿋꿋하게 살아야지."

"……아."

죽고 싶을 만치 창피했던 말들을 듣지 않을 수만 있다면 무엇인들 못하랴. 무관심한 선생님이 차라리 고마웠다. 먹는 시늉을 하기 위해 반찬통처럼 생긴 작은 도시락을 들고 다녔다.

첫 발령지 대평리 금호중학교에서 도시락을 못 싸오는 애들에게 빵을 사주기도 했다. 머리에 이가 바글바글하고 서캐가 허옇게 슨 순영이는 늘 혼자였다. 순영이는 현실과 상상을 뒤섞어 나름 진지한 이야기를 펼치곤 했는데 애들은 거짓말쟁이라며 대놓고 따돌렸다. 내가 순영이의 머리를 감겨주고, 가정방문을 하고, 옷을 사주었다는 걸 알자 편애한다고 불평했다. 아무리 사랑하더라도 해결해줄 수 없으면 아무것도 아니라는 생각으로 자학에 빠지기도 했던 시절이다.

"도시락 깜박 잊고 안 가져왔어요. 헤헤!"

웃으면서 뛰어나가는 성규를 잡지 못했던 날, 밤새 위경련으로 잠을 이루지 못했다. 학급 인원 48명 중에서 하루에 서너 명은 도시락을 싸오지 못했다. 겉으로 내세우는 이유는.

"깜박 잊고 왔어요."

"속이 안 좋아서요."

대수롭지 않은 듯하지만 속사정은 전혀 다르다. 소녀가장으로 살아가는 선희 도시락을 학급에서 돌아가면서 싸오기로 했지만, 이 일을 챙기는 것이 서로를 힘들게 했고 급기야 선희가 도시락을 거부했다.

"미안해서 안 되겠어요. 차라리 굶을래요."

지금도 자발적 결식을 선언한 선희를 생각하면 마음이 울컥해진다. 누가 누구에게 미안해야 하는가?

신흥동
가는 길

아득한 얼굴들이 있다. 한결같이 어둡고 정이 많은 얼굴이다. 우리들은 예쁜 할머니라고 불렀지만 술꾼들은 '욕쟁이 할머니'라고 불렀던, 그 할머니는 우리 집 앞에 있는 기와집에 살았다. 할아버지가 돌아가시고 할머니는 살기가 막막해지자 우리 집과 마주해 있는 담을 헐고 술청을 열었다. 오가는 행인들에게 탁주 몇 잔 팔아서 반찬값이나 보태며 살았다. 비가 추적추적 내릴 때 흘러나오던 「홍도야 우지 마라」의 젓가락 장단은 내가 맛본 최초의 예술적 감흥이었다. 나는 속으로, 신흥동 변두리 장돌뱅이, 막노동 남자들의 거친 삶을 은연중 비하하며 그와 다른 삶을 동경했었다. 하지만 막연히 장밋빛 환상을 꿈꾸던 사춘기 나에게 어느 날 앞집 술청에서 빗소리와 함께 젓가락 두드리며 흘러나온 노랫소리는 영원히 지워지지 않는 울컥함을 아로새겼다.

사랑을 팔고 사는 꽃바람 속에
너 혼자 지키려는 순정의 등불
홍도야 우지 마라 오빠가 있다
아내가 나갈 길을 너는 지켜라

빗소리에 녹아든 그 노랫가락이 막연히 좋았다. 거친 말투와 험한 노동으로 세상을 살아온 저 아저씨들(본인들은 오빠라고 생각했나?) 가슴에도 순정을 아끼는 뜨거움이 있음을 저절로 알아버렸다. 하지만 술김에 노랫가락으로 토해내는 아픔을 '피우지 못한 열정'으로 이해한 것은 세월이 많이 흘러간 이후이다.

시시때때로 악다구니를 쓰며 술꾼들에게 욕을 퍼부어대던 할머니의 얼굴은 이야기책에 나오는 마녀의 성난 모습 그대로였다. 그래도 오늘날까지 그 할머니가 그리운 것은 내 가슴에 남긴 삶의 비애 때문이다. 술꾼들에게 독하게 퍼붓고는 그들이 가버린 뒤에 엎어져서 슬피 울던 모습들.

나는 가겟집 팔남매의 맏딸이었다. 아기 똥오줌 냄새가 마를

새가 없었던 우리 집에 내가 할 일은 시작도 끝도 없었다. 날마다 동생 업어주고 먹여주고 칭얼대면 '자장자장' 달래 재워야 했다. 게다가 집안일을 도맡아 몸이 열 개라도 부족한 할머니를 보조해야 했다. 2년 터울로 산후 조리하는 며느리 수발과, 숟가락이 열 개가 넘는 밥상을 차릴 때마다 할머니는 내 소매를 잡아당겼다. 그 치다꺼리가 힘들었지만 덕분에 동네 할머니들의 속정을 엿보기도 했다.

우리 집에 마실 오는 할머니들은 나물도 다듬어주고 아기도 업어주고, 그러면서도 이야기가 쉴 새 없이 이어지곤 했다. 나는 할머니들 얘기가 옛날이야기보다 훨씬 재미났다. 예쁜 욕쟁이 할머니는 의붓자식과 사는 서러움이나, 술꾼들이 부리는 행패에 대해 따끔하게 야단친 사설을 걸걸하게 늘어놓았고 나갈 때는,

"아차 내 정신 보게나, 비름나물을 무치다 왔는데……."

고운 웃음과 함께 까던 마늘 몇 쪽이라도 슬쩍 들고 나가는 잔머리 욕심쟁이였다.

나는 옥희 할머니 얘기가 특히 좋았다. 애기 받는 얘기는 늘들어도 섬찟하리만큼 무섭고 호기심이 났다. 산모가 하혈로 죽을 뻔한 걸 삼신할머니에게 사정해서 살려놓은 얘기, 번암동 상순네 막내가 병이 났는데 세이레 동안의 치성이 부족해서라는

51

애기, 희주네 아버지 몽유병 이야기, 희주 할머니가 정성이 지극하더니 요새는 나보다 애들 아플 때 더 효험이 좋다는 등 끝도 없는 이야기가 이어졌다. 그때마다 할머니는 염주 알을 굴리면서 고개를 끄덕이거나 한숨을 쉬기도 하셨다.

옥희 할머니는 몸피나 목소리가 가늘고 얇아서 어르신들 중에서도 더욱 애처로워 보였다. 그런데 재미나게 이야기를 엿듣다 보니 신묘한 정기를 가진 어른이셨다. 그 시절에는 집집마다 애들이 많았고 앓는 경우도 일상이었지만 약국이나 병원은 가까이 할 수 없었다. 웬만큼 아픈 경우는 며칠 굶거나, 누워 있는 것이 치료의 전부였다. 어른들이 배를 문지르면서,

"내 손이 약손이다. 니 배는 똥배다."

두드러기, 옴 등 피부병의 치료는 특별했다. 한밤중에 속옷 차림으로 부뚜막에 오르게 한 후 변소용 빗자루에 재를 묻혀 몸을 쓸어내리는 시늉을 하며 소금이나 물을 뿌렸다. 그 으스스한 분위기가 치료에 도움이 되었을지도 모른다.

"비나이다. 비나이다."

정한수 떠놓고 아침저녁 정성을 바치는 건 대부분 할머니들의 일상 모습이었다.

그런데 옥희 할머니는 집안 식구 외 동네 할머니 노릇을 했던 것이다. 산파 역할을 했으며, 동네에서 아픈 애들 돌보는 일감을

부탁받곤 했고, 그 효험이 소문이 나서 다른 동네에서도 가끔 모시러 오곤 하였다. 나는 할머니를 볼 때마다 의구심이 일었다. 저 작고 가냘픈 몸피 어느 곳에서 신묘한 효험이 나오는 것일까?

침쟁이
할머니

그 할머니를 떠올리면 지금도 신흥동 학교 담벼락 아래에 꼬리처럼 붙어 있는, 한 칸짜리 움막이 할머니의 쬐끄만 몸피로 겹쳐진다. 할머니의 아들이 있을 때만 겨우 사람 사는 소리가 들렸던, 대부분의 날들을 할머니와 어린 손주들만 소리 없이 살았던 곳. 그곳에서 할머니는 아무도 모르게 세상을 떠났다 한다.

"빙판에 미끄러져서 출입을 못하더니 엄동설한에 그만 굶어서 돌아가신 거여."

"우리 막내가 고열이 끓어서 침쟁이 할머니를 찾아갔는디, …… 처음에는 이불 속에서 애들만 꼼지락거리는 줄 알었유. 할머니가 애들과 엉겨 한옆에 누워 있는디 애기같이 작드라구유.
할머니가 돌아가신 줄도 모르고 애들이 옹기종기 모여 까르르
웃고 떠드는 거유. 휴! 그 생각만 하믄 지금두 눈물이."

"저 애들을 어쩐댜? 엄마가 제각각 달라도 우애가 엄청 좋은
디, 서로 떨어지지 않으려 할 텐디."

"위로 큰 손주 둘은 엄마가 데려간다는디 아버지가 절대로 못
준다고 쫓아냈데요."

"아버지는 무슨…… 애가 생기면 데려올 줄만 알지 식량 한 톨
챙길 줄 모르는 위인 아닌 개벼."

"애 데려다 놓으러 며칠 묵었다 가믄 식구들 잘 방이 없어서
온 식구가 한뎃잠을 자고, 할머니는 고기반찬 만들어 밥상 차리
느라 빚 얻으러 다니고."

"옥희는 이제 간신히 젖 뗀 갓난애긴디…… 진작 입양이나 보
냈으면 좋았을 걸 쯔쯔쯧."

그랬다. 옥희 할머니는 대동국민학교 담벼락과 도랑 사이 빈
터에 지은 아버지의 집을 울타리 삼아 그 옆에 판자쪼가리 몇 개
로 지은 작은 집에서 살았다. 할머니 손에서 자라는 손주들은 몸
피가 가늘고 목소리도 작았지만 눈빛이 초롱초롱했고, 해맑게
웃으면서 할머니 몸에서 떨어지지 않았다. 신흥동의 집을 떠나

온 뒤에도 간간이 들리는 이야기는 영특하게 세상을 끌어안고 의좋게 살고 있다 한다.

옥희 할머니는 얼굴을 숨기듯 살금살금 다녔는데, 구부정한 어깨, 구부러진 허리에 종종걸음으로 늘 흔적이 남지 않게 조심하는 모습이 몸에 배어 있었다. 말수도 적고 식사도 아주 조금 하셨는데, 당신 몫의 먹거리를 드시지 않으면 알아서 싸 드렸다. 사정을 아는 사람들은 양을 늘려 주섬주섬 부피를 키웠다. 그것으로 손주 여섯 명 생계를 유지하다시피 어렵게 생활하셨기 때문이다. 타지에 사는 아들이 해 걸러 맡긴 손주들을 키우며 그렇게 십여 년 이상 살았을 것이다.

옥희 할머니는 그렇게 남의 집 아픈 식구를 보살피다가 세상을 떠나셨다.

그 할머니는 신기하게도 아픈 사람들을 잘 고쳤다. 아픈 사람 배도 쓸어주고, 몸을 빗자루로 쓸어주기도 했는데 이를 통틀어 '치성 드린다'는 말을 사용했다. 지금 생각해보면 '간병'을 지성스럽게 했던 것 같다. 특별한 보수가 있는 것은 아니고, 명태 한 마리, 쌀이나 밥 한 사발 정도를 받는 것이 전부였다. 하지만 식사대접이나 먹거리의 수입은, 최저생계비에 턱도 없이 부족했을 것이다.

그럼에도 내게 불가사의한 기억으로 남아 있는 것은 손주들의 밝은 표정이었다. 할머니 손주들은 옹기종기 모여서 자기네끼리만 놀았는데 늘상 까만 눈동자로 '하하 호호' 해맑게 웃었다. 고만고만한 애들이 여섯 명이니 동네 애들과 어울리지 않아도 놀이가 가능했는데 그 장면들을 떠올리다 보면 나는 옥희 할머니네 아이들을 명랑한 웃음으로 기억하는 것이 죄스러운 것이다.

모두가 배고프고 춥게 살았던 시절이지만 할머니네는 유독 가난이 심했다. 반찬거리를 사는 날은 당신 아들이 간혹 들르는 날 이외는 없었으니까. 옥희 할머니는 손주들이 혹여 이웃집 밥상에 기웃거릴까 엄격하게 단도리했다. 추운 겨울 냉방에서 시체로 발견되기 전까지 그렇게 당신의 방식으로 손주들을 챙기며 기품을 지켰다.

끝내 아들이 시신 앞에 나타나지 않고 연락할 방법조차 없어 '동네 장례'를 치를 수밖에 없었다.

'빵'의 기억
그 오래된 흑백사진

1950년대를 연상시키는 담벼락이 있다.

우리 집 담이 아니다. 우리 집은 어떠한 담도 가져본 적이 없었으나, 소유가 궁금한 것은 아니고 단지 그 담을 배경으로 찍은 주인공이 '나'라는 점이 중요하다. 생후 2~3개월쯤 되었을까? 얼굴의 눈, 코, 입의 윤곽만 있을 뿐 분위기나 형상이 누구인지 분간할 수가 없다. 내가 태어난 직후 방문한 작은아버지께서 까만 광목에 조카를 안고 찍은 빛바랜 사진이다. 작은아버지의 환한 미소가 나를 반겨주는 메시지 같다.

"태어나느라 고생 많았다. 축하해!"

사진 속의 주인공은 앞으로 태어날 형제들을 이끌어갈 팔남매의 맏이답게 의젓함을 연출한다. 생후 2~3개월의 나는 역사적 숙명감 속으로 그렇게 뚜벅뚜벅 걸어 나올 준비를 하고 있었다.

"나는 민족중흥의 역사적 사명을 띠고 가난한 집안의 맏딸로 태어났다."

선언이라도 해야 할 판이었다.

가부장제 집안이었지만 '맏딸은 살림밑천'이라며, 나의 탄생은 적극적인 환영의 분위기로 받아들여졌다 한다. 나는 사진 속의 자양분을 먹으며 팔남매의 맏딸로 성장하였다. 하지만 주위의 기대와 달리 나는 팔남매의 맏이라는 자리에 성장과정 내내 부담감을 가지고 살았다.

먼저 빵에 대한 기억이다.

그날은 아버지가 빵을 사준다고 해서 나와 남동생 두 명이 심장박동소리에 두근두근 발맞추는 즐거움으로 따라갔다. 더운 여름이었던가? 용돈을 주거나, 먹을 것을 사준 적이 한 번도 없었던 젊은 아버지가 그때 왜 빵을 사준다고 했을까? 아마 기분 좋게 취했던 게 이유일 것이다. 배운 것 없는 가난한 아버지는 사남 사녀 팔남매 자식농사는 성공이라는 기쁨에 들떠 있었을지도 모른다.

아버지의 빠른 걸음을 바쁘게 쫓아 비지땀을 흘려가며 구멍

가게에 당도했을 때의 기분은 성공을 눈앞에 둔 의기양양함과 기쁨이었다. 아버지가 가게 문을 '드르륵' 열었다. 처음으로 커다란 가게 문턱을 넘어서는 기분은 어떠했던가? 그때까지 가게 문을 열고 들어가 본 기억이 없고 얼핏 쳐다보거나, 문틈으로 훔쳐본 게 전부다. 멀리서 본 가게는 동화 속의 주인공에게만 허용하는 「은하철도 999」나, 과자 나라나, 또는 「비밀의 화원」처럼 신비스럽기만 하다. 하지만 가까운 곳에서 문틈으로 볼 때의 심정은 뭐랄까? 손에 닿을 듯 피어 있는 꽃을 꺾고 싶은 충동질이 발동한다. 눈앞에 아른거리는 충동은,

"아, 나도 들어가고 싶다."

"손에 과자봉지를 들고 싶다."

그런데 지금 그 신비의 세계로 미끄러지듯이 빠져든 것이다. 가게 안은 새로운 세상이었다. 오른쪽으로는 칸칸이 진열된 사각형 유리상자마다 사탕이 들어 있었다. 낯익은 것은 눈깔사탕, 박하사탕뿐이었고, 처음 보는 과자가 화사하게 담겨 있었다. 왼쪽으로는 단 한 번도 먹어본 적이 없는 빵들이 봉지에 담겨 있었다. 어른 손바닥보다 더 커 보였다. 막걸리 집에서 파는 술빵이나 찐빵, 집에서 만들어 먹는 개떡은 간혹 먹어본 기억이 있다. 그런데 봉지에 든 빵은 처음이다. 그때 내 마음은 무지개 빛깔 풍선처럼 한없이 두근거리며 날아오르고 있었다. 내 생애 가장 아

름다운 한순간을 장식할 만한 풍성함으로 부풀어 있었으리라.

그런데 아버지는 빵을 두 개만 사셨다. 의아스럽기는 했지만 그때까지도 내 몫의 빵이 없을 거라는 생각은 전혀 하지 못했다. 한 개씩 못 가질 경우에, 어른들이 적당히 나누어주거나 누나인 나에게 주면 공평하게 배분하여 먹게 되어 있었다. 그런데 이번 엔 상황이 달랐다. 아버지는 가게 문을 열자마자,

"빵 두 개 얼마유?"

가게주인은 아마 놀라며 분명 이렇게 말했을 것이다.

"박 씨가 웬일이여, 애들 빵 사주러 왔어?"

"젤루 맛있는 빵으로 줘유."

아버지는 항상 호탕한 표정으로 큰소리를 치곤 했다. 돈을 건넨 후 손에 든 두 개의 빵을 아주 대견한 표정으로 남동생들에게 하나씩 주었다. 그뿐. 내 몫은 아무것도 없었다.

'내 빵은? 아부지, 나는요?'

그 말은 끝내 입에서 터져 나오지 않았다. 내려오는 길은 동생도 아버지도 나에게 눈길조차 건네지 않아서 눈물이 솟구치기 직전이었다. 동생들은 빵을 받은 기쁨과 그 맛에 취했을 것이고, 아버지는 스스로 대견함에 취하여 만족스러웠을 것이다. 올 때처럼 아버지가 앞에서 걷고, 그 뒤를 동생들이 따랐을 뿐이다. 동생들은 봉지를 벗기지도 않은 빵을 손에 들고 아주 조금씩 떼

어 먹으며 여유롭게 언덕길을 내려왔다.

투명인간이 되어 사라지고 싶었던 그때 그 심정.

어떻게 왔는지는 모르지만 나는 아버지보다도 훨씬 먼저 집
에 도착했다. 방에 들어가 이불을 뒤집어쓰고 터져 나오는 울음
을 삼켰다 터트렸다 반복했던 기억은 지금도 나를 쓸쓸함에 젖
게 만든다. 기껏 빵 한 개 따위로 서럽게 울어야 했던 맏딸에게
아버지는 오래도록 무심했다. 그때 그 아이를 이제 내가 다독다
독 위로해줄 수 있을 것 같다.

제2부

손님과 식구

가겟집과
'손님'

조치원 신흥동 가겟집은 개업 이후 20년 가깝게 쉼터와 동네 사랑방을 겸했다. 도랑을 복개하여 폭을 넓힌 후, 직사각형으로 확장하여 부엌과 방 셋, 변소와 창고까지 갖춘 어엿한 살림집이자 어물가게였다. 시내버스가 생기기 전 사람들은 장을 보러 나와 우리 어물가게를 찾았다. 조치원시장까지 가지 않아도 될 만큼 물건이 풍부했고 값도 쌌고, 외상거래까지 가능했기에 가게는 해마다 번창했다. 내 키보다 높게 쌓인 물건더미에서 고개를 길게 빼고 손님을 맞다 보면 금세 물건이 동이 나기도 했다. 처음에는 건어물만 취급했지만, 채소와 과일 잡화까지 취급하는 만물상으로 승격하면서 점차 도랑과 길까지 잡아먹으며 부피를 키웠다. 가게를 넓히면서 인심도 사야 했으니, 멀리서 찾아올 정도로 물건 값이 쌌고 덤이 후한 집으로 소문이 났다. 급기야 천막까지 치고 평상을 한 개, 두 개, 셋까지 늘어놓아 동네 사랑방 구실에 손색이 없게 된 셈이다.

가게 앞 평상은 놀이터 역할을 하는 동시에, 밥상, 침상 구실도 했다. 선풍기도 없었던 여름, 더위가 푹푹 찌면 땀띠가 온몸에 솟는다. 한번 돋은 땀띠는 찬바람 부는 가을까지 고스란히 뿌리를 내리다가, 수시로 가렵고 따끔거리게 침을 세웠다. 그래서일까, 평상에서 늦은 저녁을 먹으면, 온몸에 올라오는 땀띠의 열기에 시달리지 않아서 좋았다. 우리들은 더운 여름날 땀띠와의 전쟁에 지치면 서로에게 물을 뿌리며 등멱을 감고, 모래에 부비기도 하고, 재를 뿌리기도 하는 유년을 보냈다.

'긁지만 않으면 되는데'

아무리 다짐해도 소용없다. 스멀스멀 올라오는 가려움 때문에 무의식중에 벅벅 긁다 보면 손톱에 피가 벌겋게 묻어난다. 땀띠 때문에 근지럽고, 피가 나도록 따갑고 땀이 뒤범벅되어 오만상을 찌푸리다가도 밥상 앞에서는 더위도, 가려움도 잊어버렸다.

"이 집 된장 냄새는 언제 맡어두 구수하니 좋단 말여!"

"찬은 없지만 된장국 하구 밥 한 술 드셔유!"

"밥은 됐구, 된장찌개 맛만 볼까?"

여름저녁의 어수선한 풍경들이 그렇게 평상에 달라붙는다.
동네사람들이 오가며 한마디씩 보태는 말추렴, 밥상에 등장했
던 손님들……

"숟가락 여기 있어유."

"저녁 먹은 게 느글느글했는디, 어이, 시원하다! 속이 개운하
네."

"상추라도 한 쌈 싸서 드셔유."

"아직 저녁 안 먹은 사람이 자네밖에 더 있나? 걱정 말고 어서
드시게. 나는 먹은 걸로 함세."

"예, 염치없지만 그럼 지들만 먹겠습니다."

여름해가 길게 꼬리를 남기면서 넘어갔다. 밥상을 펴놓고 먹
기 시작할 때는 분명 환했는데, 밥인지 국인지 나물인지 구분하
기 어려울 만큼 어둠이 성큼 내려앉아버렸다.

"어쩌다 저녁이 이렇게 늦은겨? 불이라도 켜고 먹지 그려."

"맛있는 거 우리끼리 몰래 먹습니다. 궁금하면 오셔유."

"그려, 나는 밥만 들고 가네."

밥을 먹다가 어두워지면 아무리 깜깜해도 불을 켜면 안 된다.

불을 보고 몰려드는 날파리 부나방들이 평상 위 밥상에 떨어지기 때문이다. 된장뚝배기에 푹 빠져 파들거리는 나방을 만나는 일은 참으로 끔찍스러웠다. 어른들 몰래 된장 그릇을 평상 밑에 내려놓고 마저 밥을 먹은 적도 있었다.

앞집 할머니는 혼자 먹기 싫다고 밥 한 그릇을 들고 와서 우리 집 평상으로 합석하는 일이 잦았다. 그런 식으로 평상에 펼치는 밥상에는 가족 이외 손님들이 늘 함께했다. 그때는 깡통을 든 거지가 다녔는데, 아침에 동냥질한 집은 저녁에 건너뛰는 센스가 있었다. 거지에게 먹다 남은 밥이나 반찬을 주면 인심이 넉넉한 집이었고, '남은 밥 없다'고 해도 큰 흉이 아니었다. 할머니는 기웃거리는 사람은 무조건 밥상에 앉히고 그 앞에 당신의 밥그릇을 놓아주곤 했다. 거지조차 손님대접을 하는 어른을 그 당시는 전혀 이해할 수 없었다. 내 옆자리에 거지 아저씨가 앉던 날 먹던 밥을 놓고 슬그머니 일어난 게 오래도록 미안하다.

살림집보다 가겟집의 용도가 중요했기에 방마다 물건이 쌓이기도 했고, 손님들의 휴게소 겸 시식 장소가 되는 것은 보통이었다. 길을 가다가 쉽게 물 한 대접을 청해 먹기도 했고, 두 다리 뻗고 누워 길 떠날 체력을 충전하는 사람도 있었고, 계 모임이 이루어지기도 했다.

아버지는 그 발길의 의미를 '손님'으로 대접했으며, 우리에게 그대로 강요하다시피 했다. 물론 '손님은 왕'이라는 말의 의미를 이윤의 극대화와 연결 지었던 것은 결코 아니었다. 하지만 가족보다 손님을 더 중시하는 아버지의 모습을 당시는 이해할 수 없었다. 타인과 관계 맺는 '적절한 거리두기의 존중'이며 배려의 방법론이었음을 어린 내가 어찌 알았겠는가? 오늘날 시장자본주의에서 사용하는 소비자와 다른 그 시절 '손님'에 담긴 진정성을 뒤늦게나마 되새김질해본다.

신흥동 가겟방 그 손님들은 모두 나에게 새로운 세상이었고 만남의 에너지였다. 과장하여 말하자면 생로병사와 오욕칠정을 한꺼번에 보여준 코스모폴리탄의 작은 현장이었다. 식료품, 잡화를 취급하는 가게에 드나드는 남녀노소, 빈부귀천의 다양한 군상을 가까이서 체험한 어린 시절은 그 어떤 책이나 텔레비전에서 보여줄 수 없는 생생한 현장학습이었던 셈이다. 길가에는 엿장수가 지나갔고, 먼 길 떠나는 나그네도 있었고, 소달구지나 상여가 등장하는가 하면, 만만해 보이는 낯선 사람에게 몰래 돌을 던지고 도망가는 조무래기들도 있었다. 그때마다 철없는 행위를 방조하는 구경꾼도 있었고, 매섭게 꾸짖는 인정도 함께 있었다.

숱한 손님들을 겪으면서, 세월이 흘렀고 집은 사람들을 품은 세월만큼 낡아갔고, 가게 또한 사양길에 접어들었다.

'신흥상회→ 신흥연쇄점→ 신흥슈퍼'

그렇게 간판을 바꾸며 시대의 변화에 최대한 적응하려 했지만 '신흥상회' 직전의 화려했던 전성기는 영영 다시 오지 않았다. 간판을 달면서부터 가게가 서서히 적자 운영이었지만 그렇다고 문을 닫을 수가 없었다. 이미 성공한 자영업자로 알려진 만큼 아버지의 체면을 유지할 만한 터전이 필요했던 것이다.

하지만 고등학생 중학생 초등학생 줄줄이 교육비와 생활비가 나날이 눈덩이처럼 불어났고 돈 들어갈 구멍도 끝없이 생겨났다. 아버지는 계절이 바뀔 때마다 허허실실 웃으며, 빚을 얻었지만 남모르게 똥줄이 탔고, 밤잠을 설치기 일쑤였다. 교육을 포기하지 않는 한, 빚을 줄일 수 있는 방법이 없다는 결론을 내린 후, 아버지가 할 수 있는 일은 담배를 끊는 것뿐이었다. 이후 아버지의 금연은 지금까지 40여 년 지속되었다. 이때부터 아버지는 가게운영은 뒷전으로 미루고 여름에는 복숭아 과수원을 임대하여 과일을 농사지어 판매했고, 겨울에는 김, 미역 행상을 나서야 했다.

중고품
짐 자전거

아버지는 죽은 풍로공장 사장이 썼던 자전거를 헐값에 넘겨받았다. 술자리에서 중간다리를 놓은 것은 욕쟁이 할머니였다. 아버지는 묵은 채소나, 남은 생선을 처리해주는 할머니가 고맙다는 핑계로 자주 술집에 들렀다. 좁은 술청에는 동태찌개가 부글부글 끓어 넘치고 술친구인 톱쟁이, 샤쓰쟁이 아저씨가 막걸리 한 주전자를 놓고 술잔을 기울이고 있었다.

"문 앞에 놓인 자전거 봤지? 때깔이 시커멓고 짐칸도 널찍하고 시원시원하니 박 사장하고 잘 어울리는구먼. 박 사장이 물건 임자로 딱 맞춤인디. 안 그려?"

"쌀 살 돈도 모자라는디 자전거 살 돈이 어딨어유? 그림의 떡이지유."

　자전거의 처음 주인 풍로공장 사장이 갑자기 풍을 맞았다 한다. 그 자전거가 몇몇 사람을 거치며 10여 년 이력이 붙어서 욕쟁이 술집 할머니한테 급매물로 넘어온 것이다.

　"장사밑천을 잘 마련하면 쌀 살 돈이 들어오는겨. 박 사장 체면도 있는디 언제까지 자전거도 없이 터덜터덜 걸어 다닐겨? 신흥동에서 시장까지가 10리 길인데 하루에 몇 번이나 물건 띠러 댕기지?"

　"아침, 점심, 저녁 시 번은 가지유."

　"자전거 타고 날아가면 휙 잠깐 아녀? 걸으면서 아까운 하루해만 꼴까닥 잡아먹는 거여. 박 사장이 자주 자리 비우면 장사가 제대로 되나? 내가 말 잘 해줄게. 걱정 말고 먼저 자전거나 끌고 가세."

　어르고 달래며 찡긋거리고 윙크까지 하는 빨간 빵모자 욕쟁이 할머니 말에 마땅히 토를 달 말이 없었다. 얼결에 술청에 있는 자전거를 끌어놓자 엄마는 돈 걱정을 앞세웠지만 아버지는 노랫가락을 흘리며 싱글벙글 얼굴이 환했다. 욕쟁이 할머니가 쌀 한 말로 흥정을 마무리했으니 티격태격 가격 에누리도 못했다. 욕쟁이 할머니는 소개비로 받은 자반고등어 한 손을 자랑하며 흐뭇해했다. 아버지에게 자전거가 생겼을 때, 내가 날개를 단 것처럼 온몸이 둥둥 떠올랐던 건 초등학교 5학년 초겨울이다.

　가난한 동네여서 자전거를 타는 사람이 아버지가 처음이었으니 얼마나 뿌듯하고 자랑스러울 것인가. 아버지는 중고 집 자전 거를 풍로공장 사장 아들의 자가용보다 아깝고 소중하게 여겼 다. 자전거 구경한다고 몰려온 동네사람들에게 대접할 것도 없 고 괜히 미안하고 난감해서 '큼큼' 헛기침만 했다.

"냉수라도 떠놓고 북어포라도 매달아 치성을 드려야 할 텐데."

가게에 쌓여 있는 북어포를 가리키며 툭 던지는 영철이 아버 지 말에 아버지는 무심코 고개를 끄덕였을 것이다. 술집 할머니 가 쉽게 한마디 거든다.

"냉수도 좋지만 막걸리라도 한 주전자 받아야 구색이 맞지. 안 그려?"

동네사람들이 저마다 한마디씩 보태면서 자전거 턱 축하 이 벤트 기획들이 끝도 없이 부풀어 쏟아졌다.

"떡시루가 있어야 제격인데."

"돼지머리도 놓는 거 누가 모르나?"

농담으로 시작한 자전거 고사가 동네사람들의 푸짐한 말잔치 를 밑천 삼아 그럴싸하게 진행되었다. 가게 앞에 자전거를 모셔 다 놓고 그 앞에 봉황새가 그려진 동그란 오봉으로 상을 차렸다. 상에는 무명실 한 뭉텅이를 북어포에 칭칭 감아 가운데에 놓고 정한수를 새로 떠다놓았다.

"흰밥이라도 고봉으로 한 사발 올려야 하는데."

침쟁이 할머니가 아쉬운 듯 말을 보태자마자 상 위에 고봉 쌀 대접이 올랐다. 이 정도 차렸으니 얼추 모양새가 갖추어진 셈이다. 지극정성을 담아 상을 차린 건 할머니였고, 그 앞에서 마지못해 절을 올린 건 아버지였다. 중고 짐 자전거 앞에서 절을 올리고 받는 그 시간은 일시정지화면처럼 왁자한 소동을 멈추는 경건함이 흐른다. 아버지의 자전거는 그렇게 식구처럼 십여 년 동고동락했다.

막걸리 한 잔씩 목을 축이는 것으로 동네사람들 말잔치에 보답해야 했지만 양이 적었다. 한 주전자가 금방 동이 나서, 막걸리 대신 물을 채워 돌린 것이다. 고사 명태는 모셔두어야 한다며 대신 가게에 있는 미역귀 한 주먹을 돌렸다. 미역귀는 한 조각만 입에 넣어도 오래 씹을 수 있어서 입맛 다시기에 좋았다. 입에 넣으면 처음 맛은 짭짤하고 딱딱한데 씹을수록 부드러워지면서 감칠맛이 돌다가 뒤끝이 개운하고 구수하고 달다. 순옥이 엄마, 희주네 할머니는 맹물을 막걸리처럼 마시며 '크아' 소리로 기분을 냈다. 침쟁이 할머니가 혀를 끌끌 차며 흘겨보았고 우리 할머니처럼 끝까지 물 한 모금 입에 대지 않았다.

저녁에는 짐 자전거 고사쌀 덕분에 보리보다 쌀이 많은 밥을 먹었지만 실꾸러미에 둘둘 말린 명태는 건드리지도 못했다. 그 후 실로 칭칭 감은 명태는 오래도록 집안에 머물러서 대롱거렸다. 집안 수리할 때는 창고로 옮겼다가 그리고 최후에는 변소 천장에 묶여 있었다. 먹거리가 귀했던 그 시절에 명태가 감당했던 식용 이상의 의미가 무엇일지 아직도 궁금해진다.

ⓒ 거꾸로 가는 자전거

똥푸리 아저씨
재산목록 1호

"이러다 물도, 공기도 다 돈 주고 사먹을 판이여."

똥 푸는 날이 되면 아버지는 거듭 한탄했다.

"똥도 돈 내고 푸는 세상이라니."

아버지의 어린 시절 아무리 오줌이 마려워도 참고 집에 와서
봐야 한다고 귀에 못이 박히도록 들었다 한다. 새벽마다 일어나
서 개똥 소똥 줍는 사람이 농사꾼 중에 상농사꾼이라고 한다. 그
좋은 것을 내주면서 돈까지 보태줘야 한다는 사실을 아버지는
오래도록 인정하기 힘들었을 것이다. 유년의 나는 똥 이야기가
화제로 떠오를 때마다 아무리 좋은 거름이 될지라도 그 지저분

한 단어를 아로새기고 싶지는 않았다.

똥푸리 아저씨는 혼자 산다. 결혼도 했었는데 아이를 낳기도 전에 여자가 집을 나갔다고 한다. 그래서일까? 아저씨가 말하는 걸 들어본 기억이 없다. 모자를 눌러쓴 채 똥장군을 어깨에 메고 묵묵히 운반할 뿐이다. 똥푸리 아저씨가 처음 이사 왔을 때만 해도 우리 동네는 돈을 안 받고 해결했다. 그 똥을 가져다가 거름을 만들어서 팔았는데 신흥동은 논밭과 인접해 있어서 밭에 나르기도 쉽고 또 같은 동네사람이라고 돈을 안 받기도 하는 거라고 했다.

아저씨가 거름 만들던 채소밭에 저수지가 생길 그 즈음부터 동네사람들 똥도 돈을 받게 된 것이다. 똥으로 만든 거름을 팔아 먹을 데가 없어져서 어쩔 수 없다며 아저씨는 농사도 못 짓고 거름도 못 만들게 되었다고 울상을 지었다. 학교 똥도 아저씨가 펐는데 이후 소사 아저씨의 일거리로 추가되었다가 환경미화업체로 넘어갔다.

가끔 아버지도 똥푸리 아저씨네 똥통을 빌려서 똥을 푼 적이 있다. 마음씨 좋은 아저씨는 똥통 짊어지는 요령을 가르쳐주고 따라와서 아버지가 똥을 푸는 걸 구경하며 훈수를 두기도 한다. 아저씨가 말을 섞는 모습을 처음 본 것 같았다.

장마철 같은 때는 똥을 퍼서 집 앞 흐르는 개울에 버린 적도 있었다.

"엄마, 똥푸리 아저씨는 언제부터 똥푸리 아저씨가 된 거지유?

"먹고살려면 뭔 일이든 해야 되는겨. 똥푸리가 뭐 어떠냐? 아저씨는 맘이 좋아서 '똥푸리, 똥푸리' 해도 듣고 웃기만 하잖여. 아저씨도 농사짓고 사는 사람여. 열심히 농사짓다 보니까 거름을 남보다 많이 만들려고 저렇게 똥을 푸러 다닌 거지."

"똥푸리 아저씨는 동네사람들이랑 어울리지두 않잖어유? 냄새가 나서 그런가유?"

"이사 온 지 얼마 안 돼서 그려."

똥통을 지고 다닐 때 똥푸리, 똥푸리 놀려대도 도대체 왜 아무 말도 하지 않는 것일까? 아저씨는 키가 크고 힘이 세지만, 동네 꼬마들 중 아저씨를 무서워하는 아이는 하나도 없었다. 나는 아저씨에 대해 궁금한 점이 유독 많다. 왜 혼자 살면서 저 일을 하는 것일까? 그 의문은 끝내 풀리지 않는다. 악동들이 똥푸리, 똥푸리 놀리는 틈에 끼어들었다가도 아저씨가 한번 쳐다보기만 하면 '걸음아, 날 살려라' 와르르 도망을 갔다. 그러다가 얼핏 보았다. 아저씨 얼굴은 화나거나 슬픈 표정이 아니었고 그저 '오늘 날씨가 어떨까?' 궁금해하는 정도의 무표정이었다. 나는 아저씨의 무표정이 마음에 들었다.

"이연아, 이거 똥푸리 아저씨네 가져다 드려라."

아버지가 팔다 남은 생선을 이것저것 골라서 소금을 뿌려 푸대 종이에 둘둘 말아준다. 이런 심부름하기가 제일 싫은 건 아버지의 선심에 계산이 담겨 있기 때문이다. 며칠 전에 똥푸리 아저씨가 생선전에 오래 서 있는 것을 눈여겨본 후 못 파는 물건으로 몇 배의 효과를 볼 수 있는 도움주기를 가늠한 것이다. 문득 너무 계산적인 아버지가 싫어진다.

생선 팔다 남은 거라고 해서 거저 주는 법은 절대 없다.

우리 집은 식솔이 많아서 먹거리가 많이 드는데 아버지는 저녁상을 푸짐하게 차리도록 요구한다. 썩은 생선이라도 무나 야채를 많이 넣어서 얼큰하게 지져야 하는데 그때마다 반찬거리를 정해주는 것은 아버지이다. 엄마는 무조건 한 푼이라도 받고 팔려고 하지만 아버지는 치밀하게 계산하여, 먹거나, 선심을 쓰거나, 판다. 남는 생선은 간절이를 만들어서 보관했다가 가끔 다녀가시는 친척 어르신들께 선물도 했다. 생선가게에서 물 간 생선은 천덕꾸러기에 불과하지만 없는 살림에 간절이 생선이 얼마나 소중한 밑반찬인지 잘 알기 때문이다.

똥푸리 아저씨네 집에 가본 적은 없지만 눈 감고도 찾아갈 만큼 지척이다. 대문이 없고 지붕이 낮은 초가가 서너 채 주변에 있는 막다른 골목 마지막 집이다. 멀리서부터 똥냄새가 나든지, 뭔가 표시가 있으리라 짐작했다. 똥냄새가 얼마나 날까, 숨을 쉬지 말아야지. 일부러 큰 숨을 들이마시고 마당에 들어선다. 아무 소리도 들리지 않고 냄새도 나지 않는다. 똥통이 절구통과 나란히 놓여 있는 게 특별했다. 자루가 달린 똥바가지가 있고 똥을 담아 나르는 똥통이 두 개 있었는데, 물통처럼 아무렇지도 않게 놓여 있었다. 귀하게 모셔놓은 느낌까지 들었다. 냄새가 정말 나지 않는 걸까? 그 옆에 가서 확인해보고 싶었지만 왠지 함부로 만지면 안 될 것 같아서 발걸음을 멈췄다. 정갈한 마당에 내가 가져간 물간 생선 비린내가 풍기는 것 같아 민망할 지경이었다. 생선만 놓고 가면 고양이밥이 될 것 같다. '똥푸리 아저씨'라고 부르면 안 될 것 같아서 더욱 조심스럽다.

"똥……아저씨!"

"…….."

"아저씨!"

아무 소리가 없다. 섬돌 옆에 놓인 검정고무신 임자는 누구인가? 방문을 열지는 못하고 서성거리다가 열려 있는 부엌을 훔쳐본다. 자그마한 검은 가마솥과, 하얀 양은솥이 나란히 걸려 있다. 두 개의 솥만 보이는데 헝클어져 있거나 뒤죽박죽이 아닌 정갈한 느낌이었다. 혹시 다른 사람이 나올지도 모르니까 기다려보자는 마음으로, 마당을 빙빙 돌면서 주변을 살폈다. 좁은 집안 어디에서건 눈길은 똥통에만 부딪쳤다. 상상했던 것처럼 똥통이 징그럽거나 흉물스럽지 않았다. 아저씨는 일을 끝내면 정성껏 똥통을 닦고 손질할 거라는 생각이 들었다. 절구통이 중요한 것처럼 똥푸리 아저씨네는 똥통이 재산목록 1호일지도 모른다. 아버지에게 빌려줄 때도 귀한 물건이 때가 타고 상하기라도 할까 노심초사하는 모습이 역력히 떠오른다.

'똥통을 보물단지 모시듯 하네.'

아마 속으로 그런 마음이었을 것이다.

사람들은 소중하게 여기는 것이 저마다 다르다.

똥푸리 아저씨가 남들이 더럽다 피하는 똥통을 가장 귀하게 대접하는 것처럼 말이다. 엄마는 '자식'을 귀하게 여기는데 아버지는 자식보다 '성공'을 귀하게 여겼고 팔남매의 맏딸인 나는 '일기장'을 재산목록 1호로 규정하며 행여 누가 볼까 봐 자물통 일기장을 샀을 때조차 늘 불안했다. 니꺼 내꺼 구분 없이 살다 보니, 책가방도 서로 뒤지고, 물품도 함께 쓴다. 동생들이나 이모가 혹시 내 일기장을 볼까 봐 노심초사하면서 비밀 사연을 암호로 만들어 기록하기도 했다.

아저씨를 기다리다 지쳐 나는 그 생선들을 까만 무쇠솥에 넣고 나왔다. 얼음장같이 차갑게 식어 있던 그 무쇠솥의 유난히 크게 울리던 '쨍그랑' 소리를 뒤에 두고 골목길을 뛰어나왔다. 설이 한참 지나고 봄을 기다리고 있던 계절이었으니 한낮에는 방 안보다 양달이 더 따뜻했던 이월 말쯤이었다.

아버지가 귀하게 여겼던 그 '성공'이 부귀영화가 아니라는 것을 알게 된 것은 내 나이 오십이 넘어서였다. 아버지가 세상과 싸우면서 가지고 싶었던 것은 맛있게 먹고 맘 편하게 살고 싶었던 '작은 행복' 정도였던 것이다. 똥푸리 아저씨가 똥통과 함께 살았던 세월, 아버지는 냄새나는 썩은 생선과, 팔남매와 씨름하며 보냈다. 그 안에서도 작은 행복이 있었기를 감히 소망해본다.

할머니 생신과
만둣국

가장 큰 집안 행사는 할머니 생신이었다.

일 년의 시간은 할머니 생신을 정점으로 마무리되곤 했다. 오히려 설날의 의미는 할머니 생신 뒤풀이 정도로 취급되지 않았나 싶다. 설날을 할부금 갚는 날처럼 여겼다면, 할머니 생신은 적금 타는 날처럼 손꼽아 기다렸던 것이다. 그만큼 할머니는 사람들을 모여들게 하는 강력한 흡착제였다. 음력 섣달 스무이튿날. 세상이 꽁꽁 얼어붙어 강추위 기세가 막바지에 오를 무렵임에도, 할머니 생신이 가장 포근하고 따스한 기억으로 각인된 것은, 아마도 모처럼 풍성해진 먹거리 때문일 것이다. 고소한 참기름 냄새가 집안 곳곳에 배어 음식에 대한 기대와 상상을 최대치로 높여주었다. 하루 종일 끓이고 삶아대는 음식으로 방은 절절 끓었고, 발 디딜 틈 없이 사람들이 넘쳐났다.

음식이 육체의 노고를 통과하는 것인 줄 몰랐던 유년기여서 마냥 행복했을 것이다. 홍어무침을 하기 위해 막걸리에 치대는 모습이 재미있어서 똑같이 해보고 싶어 조르다 퉁방을 먹기 일쑤였다. 떡, 잡채, 돼지고기, 닭고기 등 일 년 동안 고대하며 상상했던 음식들이지만, 막상 기름진 음식은 느끼해서 많이 먹지 못했다. 음식의 간을 보는 모습을 구경하다가, 푸짐하게 펼쳐지는 이야기판에 대롱대롱 매달려 빨려들었다. 노랫소리, 웃음소리가 걸판지게 술상에 차고 넘치지만, 고모들이 하나둘 합세하면 정작 술보다 어린 시절 이야기로 취기가 절정에 오른다. 쌓여 있는 음식더미 앞에서 아버지의 이야기보따리가 펼쳐지면 청천 고연 동심의 세계가 팔짝팔짝 웃고 뛰고 배꼽을 쥐게 만든다. 아버지가 가겟방에서 화제로 떠올리던 어물 장사나 복숭아 이야기가 아닌, 어린 시절 경험담이 고연과 청천강을 배경으로 펼쳐지는 것이다.

먼저 소년이 된 아버지가 주인공이 되어 뚜벅뚜벅 걸어 안방 무대에 등장한다. 화양계곡에서 하루 종일 얼음을 깨뜨려 간신히 잡은 잉어를 제사상에 올린 이야기. 나뭇짐을 지고 오다가 날이 저물어 도깨비를 만난 이야기. 지네를 잡아 팔아 일당을 번 이야기. 이런 이야기는 걸리버가 만나는 소인국 거인국만큼 신비롭다. 톰 소여의 모험담보다 재미있었던 것은 아버지의 입담보다도 과거와 현재를 넘나드는 실존 주인공 때문이리라. 고모와 고모부는 말씀이 짧은 대신 귀 기울일 줄 아는 지혜의 샘이 깊은 분이었다. 체격이 다부지고 이목구비가 수려한 아버지가 판소리의 소리꾼이라면 고모부나 고모는 추임새를 넣는 고수였던 셈이다. 엉덩이 들이밀기가 눈치 보일 정도로 방마다 사람들이 넘쳤지만 기를 쓰고 그 틈바구니에 끼어든 것은 이야기에 정신이 팔려서였다.

할머니 생신에는 아버지 형제가 모인다. 작은아버지와 작은엄마, 고모와 고모부가 오신다. 큰고모만 고모부가 계시지 않으므로 네 명의 고모와 세 명의 고모부가 모두 오시는 것이다. 사촌 고모와 고모부, 작은할머니도 해마다는 아니고 가끔 오신다. 고모들은 생신상을 차리기 위해 가져온 보따리를 하나하나 풀어 놓는다. 고모부가 짊어지고 온 하얀 자루에는 뽀오얀 아끼바리 햅쌀이 담겨 있다. 이렇게 좋은 쌀을 사 먹지 못하는 우리 동네사람들은 쌀을 만져보는 것만으로도 고향을 만난 듯, 가까이 다가가 한 줌씩 집어 들고 입에 넣어 씹으며 향수에 젖는다.

쌀이 세 자루에 고춧가루, 깨소금, 참기름, 쌀가루, 들기름, 콩,

팥 등 곡식들과 말린 나물들, 약초뿌리가 자루에서 주머니에서 쏟아진다. 보따리에서 한 가지씩 물건이 튀어나올 때마다 기쁨으로 눈이 휘둥그레진다. '금 나와라 뚝딱, 은 나와라 뚝딱' 도깨비나라 방망이가 출현하여 부자가 된 것처럼 들뜬 기분이다.

고모들과 엄마와 작은엄마가 아침상을 차리는 동안 아버지는 동네를 한 바퀴 돌며 인사를 드린다.

"어머님 생신이니 오셔서 아침이나 드셔유."

동네사람들은 으레 오늘이 할머니 생신이라는 걸 알고 있다.

"맞어, 오늘이 섣달 스무이틀이구먼. 올해 예순다섯이신가?"

"번번이 신세만 져서 어쩌나?"

"우리는 갚지도 못하는데 얻어먹기만 해서 쓰나?"

"내가 막걸리 한 주전자 가져가겠네. 오고가는 정이 있어야 이웃사촌이여!"

담배 한두 갑을 선물로 슬쩍 내밀고 정식으로 아침상에 앉는 어른은 대개 할아버지 할머니들이다. 아침상을 물릴 무렵이면 술상이 벌어지고 아버지 친구분들이 합세하여 젓가락 장단이 벌어지기도 한다.

아침상을 물리는 동시에 작은엄마가 만두 빚기 준비를 맡아서 진행한다. 만두소는 셋째고모가 만드는데 인물이 할머니를 가장 많이 닮았다. 인물도 좋고 솜씨도 좋은데 끼니를 걱정할 만큼 가난하다. 둘째고모는 만두피 반죽하는 작은엄마와 만두소 만드는 셋째고모를 보조한다. 풍채가 좋은 둘째고모는 고모들 중에서 안목이 너무 높아서 일을 어렵게 만들기도 한다. 실무를 책임지는 사람과 거들기만 하는 사람의 사소한 의견 다툼이 있지만 곧 중재된다. 작은엄마의 고집이 유난히 강하긴 하지만 서열이 낮아서 저절로 수그러든다.

아침 설거지가 끝나고 방 정리가 되면 모여서 만두를 빚어야 하는데 여자들만 모여도 방 하나에 모두 앉을 수가 없어 문을 열어놓고 마루까지 늘어놓는다. 반죽하여 피를 만들기 시작하면 집안 곳곳에서 온 식구가 매달려 만두 빚는 진풍경이 벌어진다. 그 속에서 나는 만두피 만든 것을 일정한 크기로 자르는 일을 하곤 했다. 알맞은 크기의 그릇을 찾아서 동그라미를 만들어서 누르면 되는 일이라 수월했다. 여러 사람이 만든 만두는 모양새나 크기가 뒤죽박죽이었지만 서로의 것을 비교하며 재미있어했다.

만두소나 만두피 둘 중 한 가지가 떨어지면 더 이상 만두를 빚을 수 없다. 대개 만두에 넣는 속이 먼저 떨어진다. 그렇게 되면 만두피 재료인 밀가루 반죽덩어리가 남는데 그대로 수제비를 끓여먹어도 좋고, 반죽을 묽게 하여 김치전을 부쳐도 된다. 애들은 어른 몰래 한 귀퉁이 슬쩍 떼어서 아궁이나 연탄에 구워서 먹는다. 설익은 밀가루를 먹고 배탈이 나도 아프다는 말도 못하고 몰래 끙끙 앓기도 하면서.

만두를 빚으면서 동시에 국물을 준비해야 한다. 큰 가마솥에 노랑태 다듬은 속살을 넣고 들기름에 달달 볶다 찬물을 넣고 팔팔 끓이면 국물이 뽀얗다. 만두가 다 만들어지면 만두를 넣고 한 번 더 끓인 후 계란, 마늘, 간장, 파를 넣어 양념과 간을 한 후 한 그릇씩 내어가면 점심이다. 고명으로 김을 부수어 넣고, 깨소금을 뿌리고 실고추와 계란 지단을 얹기도 했다. 점심상은 아침 반찬과, 찬밥이 올라오지만 우리들은 오로지 만둣국만을 기다린다. 만둣국을 상에 올려놓고 냄새를 맡으며 수저를 담그는 그 순간을 모두 기다리는 것이다.

중학생이 되어 처음으로 이 만둣국 행사에 빠지던 날.

나는 아침부터 어쩔 줄 몰라 갈팡질팡했다. 하루 종일 교실에서 몸은 유령처럼 떠다니고 마음은 만두피에서 머물다가 상상 속에서 만두소를 맛보고 만두를 조물조물 빚었다.

'할머니 생신인데 조퇴하면 안 되나요.'

그 소리가 목까지 치밀었지만 끝내 아무 말도 하지 못했다. 수업이 끝나자마자 집을 향해 달렸다. 콧김을 내뿜으며 숨을 헉헉대며 도착하자마자 가마솥을 열어본다. 텅 비어 있다. 혹시나 작은 솥, 양은솥, 들통까지 열어본다. 없다. 허기와 갈증이 목젖까지 치민다. 만둣국도 없고 고모, 고모부, 작은엄마, 작은아버지 모두 떠난 집은 섬찟한 적막에 잠겨 있었다. 시끌벅적 시장 같아야 할 집인데 공갈빵처럼 텅 비어 있다. 그러거나 말거나 만둣국을 먹어야 하므로.

"엄마 만둣국 줘."

"점심에 먹고 남은 게 없는데."

"남겨놓지도 않고?"

"만둣국은 불어서 남겨봐도 소용없어. 먹고 싶으면 냄비에 만두 서너 개 넣고 끓여 먹어."

그래서 최초로 나 혼자만을 위하여 스스로 끓인 만둣국을 먹게 되었다. 내가 끓인 만둣국이 맛이 없으리라 여겼던 예상은 보기 좋게 빗나갔다. 냄비에 맹물을 담아 끓인 후 만두와 흰떡을 넣고 끓이다가 계란도 풀고 파 양념도 했다. 그릇에 담을 때, 엄마가 하던 대로 김, 깨소금을 뿌렸다. 그리고 한 그릇만 끓인 만둣국이 더 맛있다는 사실을 처음 알았다. 특히 만두가 부서지지 않고 모양을 유지하고 있어서 신기했다.

그동안 먹었던 만둣국의 만두는 속이 터지고 남은 껍질뿐이었다. 국물 맛이 좋았던 것은 국물에 흩어진 만두소 때문이었다. 국물 맛은 진하지 않지만 대신 터지지 않은 만두를 먹을 수 있다는 것에 나는 만족스런 웃음을 머금었다. 하지만 숟가락의 서너 배가 넘게 큰 만두를 터뜨리지 않고 먹는 것은 불가능했다. 결국 손을 떨며 아끼고 보듬던 만두를 기어이 터뜨렸고 그렇게 먹은 만둣국은 원래의 모양새나 맛이 거의 비슷했다.

만둣국을 기다리는 사람들이 또 한 패거리가 있었으니 할머니 친구들이다. 친척들이 하룻밤 묵었다 떠나면 빈자리에 오래도록 허전함이 남는데 그 아쉬움을 달래기라도 하듯 다음날 할머니는 친구들과 만둣국을 끓여 함께 드신다. 찬밥에 만둣국과 동치미가 전부인 밥상은 조촐하지만 이야기판을 벌이기에 안성맞춤이다. 상을 채우고 넘치는 이야기는 남편살이, 시집살이, 자식이야기가 전부이다. 샘집 할머니, 침쟁이 할머니, 향주 할머니, 술집 할머니까지 며칠 동안 자리를 함께하며 마무리 못한 사연들을 주고받는다. 오래전 사별하고 혼자 살고 있는 할머니들끼리 유유상종으로 잘 통하기도 했다. 할머니는 선물로 받으신 담배를 나누어 피우면서 한 뭉치씩 둘둘 말아 쥐어주신다. 묵나물이나, 고춧가루도 한 줌씩 나누어 먹는다. 우애 좋은 자손을 둔 복을 고마워하는 마음이다. 할머니 생신 여운이 며칠 이어지다 보면 아차, 설 준비가 늦어진다. 서둘러야 한다. 아버지는 특히, 설 대목 물건 맞추느라 목소리가 커지고, 발이 바쁘다. 그렇게 한 해가 저물고 새해가 오곤 했다.

조치원
장날

아버지를 키운 건 팔 할이 시장바닥이다.

아버지는 무일푼으로 잡다한 사업을 문어발식으로 펼쳤다. 신흥동 가게를 확장했고, 도부꾼들을 모아 물건을 맡겼다. 주로 건어물을 취급했는데 여름에 거래가 뜸한데다가 외상값이 걷히지 않고 유통이 뚫리지 않자 아버지는 여름 한철 복숭아 장사를 시도했다. 과수원의 열매를 통째 사서 따다 파는 것이라 농사라기보다는 장사에 가까운 일이었다. 그렇게 시장바닥에서 만난 장꾼과 장사꾼 틈에서 아버지는 이십대의 젊음부터 무려 삼십년 이상의 세월을 보냈다.

일 년 열두 달을 바쁘게 살면서 인맥을 최대한 활용했는데 사업은 그런대로 잘 돌아가는 듯했다. 무엇보다 아버지에게 자금을 대겠다는 사람들이 줄을 서는 것이었다. 남선상회 사장과 동업을 맺고 아버지는 목포에서 완도 진도 등 김 재배지를 찾아다니면서 예약구매를 하고 현장에서 싸고 좋은 물건을 구입했다. 자본이 없는 아버지는 직접 몸을 투자하며 부딪쳤다. 현지에서 좋은 물건을 저렴하게 사서 중간상인을 거치지 않고 직판하여, 상권을 넓히면서 박리다매로 이익을 높이는 방식이다. 여기에서 얻은 이익금을 동업자가 아버지에게 돈 대신에 팔다 남은 김으로 계산해주곤 했다. 이렇게 받은 김은 대체로 하자가 있는 물건이 대부분이라 아버지는 직접 오일장을 다니며 소매로 김을 팔아야 돈을 만져볼 수 있었다. 몇 년 이런 동업 장사를 하면서 아버지는 소자본으로 독립한 후 산지에서 김을 구매하여 직접 도매와 소매를 겸하면서 상권을 마련했다.

유년의 시장은 바다만큼 넓었다.

그러나 그 넓은 시장도 모퉁이나 시장으로 들어설수록 한두 사람이 간신히 서성일 만큼의 공간만 남기고 물건들이 촘촘하게 진열되어 있다. 보는 사람들은 슬쩍 집어 먹기도 하고, 만져보기도 하면서 쓰윽 훑어지나가지만 고만고만하게 진열된 물건들은 주인이 때깔내고 공들여 치장해놓은 것들이다. 당시만 해도 고등어 한 손을 사거나 양말 한 켤레를 사는 것은 물론 손님 접대나 제사를 지내기 위해서는 반드시 오일장을 보아야 했을 만큼 시장은 중요한 삶의 공간이었다.

개가한 아낙이 추석빔을 사러 온 포목전에서 두고 온 딸을 상봉하는 만남의 광장이며 몸 풀러 친정에 온 딸을 위해 미역을 사러 왔다가 김도 사고, 참빗도 사는 곳이다. 청상과부가 다라에 물렁이 복숭아나 흠사과를 이고 와서 일당을 벌어 자식을 키우는 고마운 터전이 될 수도 있다.

시장에서 물건을 많이 팔려면, 얇은 지갑 속을 단도리하며 좋은 물건을 구입하려는 장꾼들의 꼼꼼한 시선을 잡아채야 한다. 동시에 꼭 필요하고 중요하다는 가치를 알려야 한다. 옆 자리에는 일 년 내내 도라지와 고사리 함지 두 개만으로 장사를 하는 아주머니가 자리를 지킨다. 왼쪽 자리에는 흠사과를 소쿠리에 담아 파는 아주머니가 수줍게 앉아 있다. 도라지 아주머니 옆에는 톱쟁이 아저씨가 다양한 톱을 펼쳐놓았지만 물어보는 사람만 풍성할 뿐 정작 사는 사람은 한 번도 못 봤다.

"톱은 하나도 안 팔리는 것 같은데 톱쟁이 아저씨는 어떻게 먹고 산대유?"

"허술해 보여도 이 장터에서 제일 좋은 벌이여. 톱, 도끼, 낫 연장을 갈아서 버는 수입이 많고 톱을 파는 건 부수입여.”

톱쟁이 아저씨는 장사만 하는 것이 아니라 장도 함께 본다. 구경도 하고 흠사과도 사고 엿도 사고 자반고등어도 산다. 그걸 보면 장사가 잘 된다는 말이 맞긴 맞나 보다.

시장바닥에서 물건을 오래 팔다 보면 물건과 사람이 닮아 보인다. 아예 서로를 부르는 이름조차 자식 이름 부르듯이 한다. 톱쟁이 아저씨, 도라지 아줌마, 흠사과 아줌마, 이런 식이다. 그런데 그때는 흠사과라 부르지도 않고 썩은 사과, 파치 사과라 불렀다. 파치라는 말은 정품이 아니라는 뜻인데, 시장사람들이 ‘썩은 사과’라고 부를 때마다 부끄러워했던 아줌마 표정이 떠오른다. 저마다 자신의 물건을 자식처럼 자랑하는 것이 말에 배었다. 특히 도라지 아줌마는 고사리나 도라지를 사는 손님들은 고급이라고 자랑하며 은근히 흠사과 아줌마를 동정한다. 흠사과 아줌마는 말로 자랑하는 대신 사과를 직접 깎아 먹여준다. 먹은 값을 하려는 시장 사람들은 아줌마 대신 싸고 맛있는 흠 사과를 자랑하느라 입이 바쁘다. 쪼글쪼글한 흠사과 값을 때우느라고 너도 나도 한마디씩 한다.

“과일은 흠이 있는 게 진짜배기 맛이 난대유.”

“원래 과일은 썩기 직전의 맛이 진국이여.”

“먹은 값은 해야지. 한 봉다리씩 사가자구.”

시장 사람들은 말이 거칠고 서로가 경쟁자이기도 했지만, 장사는 장사고 인심은 인심이라 술판, 노래판도 푸짐하게 벌였다. 그런데 흠사과 아줌마는 묻는 말에 대답만 했고 말이 짧았다. 추운 겨울에도 애기를 업고 있었고, 엄마 얼굴과 애기 얼굴이 비슷하게 작았는데 늘 볼이 빨갛게 얼어 있어서 얼핏 살짝 언 빨간 사과를 닮은 분위기가 애처롭게 고왔다.

아버지는 시장에서 콩나물 하나만 팔아도 일당은 건진다고 했다. 욕심 내지 않고 몸을 부지런히 움직이면 최소한 가족들 먹거리는 벌 수 있다고 믿었다. 그때는 그랬을지도 모른다. 시장 규모가 조금씩 커지면서 씀씀이가 늘며 경제 호황을 누리던 70년대는 재래시장이 활성화되었었다. 아직 슈퍼마켓이나 대형마트가 일반화되지 않았기에 중소도시에서 소상인들이 먹고 살 수 있는 터전이 그나마 마련되었을지도 모른다.

그때까지만 해도 대기업이 시장바닥까지 넘보지는 않았기 때문에 팔남매를 교육시킨 아버지의 자리가 시장에 존재할 수 있었던 것이다. 하지만 지금은 달라졌다. 면소재지마다 있었던 아이스케키공장이 사라졌다. 동네마다 한두 개씩 있었던 양장점과 양복점은 90년대 초에 거의 문을 닫았고 지금은 흔적조차 찾기 어렵다. 그랬다. 이제는 대기업 체인점이 시장의 모든 것을 점령해버렸다. 과자에서 김밥, 라면, 어묵, 순대, 고무줄, 옷핀, 머리핀, 실과 바늘 등 모든 생필품까지 섬세하게 잡아먹었다.

그러거나 말거나 아버지는 평생 월급쟁이를 하지 않고 당신의 사업체를 운영했다는 자부심이 있다. 시키는 일을 하며 살지 않고, 스스로의 기획과 함께 자영업을 했다는 주인의식이다.

아버지의
화양연화

충북 청천면 고연리에서,

청소년 가장이었던 아버지는 굶지 않기 위해 나무를 긁어 팔

고, 도토리, 버섯, 약쑥, 고사리로 살림에 보탰고, 지네도 잡았다.

힘쓰는 일을 하고 싶었지만 일거리가 없었다. 땅이 없었고 학교

를 못 다녀서 기댈 만한 관계망도 없었다. 그러다가 군대에 가게

되었으니 아버지는 군대막사에서 최초로 조직사회 시스템을 배

운 셈이다. 그 이전에 아버지가 받은 교육은 천자문과 명심보감

이 전부였는데 그마저도 앞부분만 구경한 채, 일터로 내몰렸으

니 일자무식이나 진배없다.

아버지는 조치원 '번암 사단'에서 훈련을 받았단다. 낯선 곳에서 아버지가 할 수 있는 일은 무조건 시키는 일을 열심히 해야 한다는 것뿐이었다.

"보급계원을 뽑아야 하는데 재무제표 작성할 수 있는 사람 있으면 나와라. 없나?"

전후세대 군인들은 가방끈이 짧은지라 아무도 나서는 이가 없었다.

"여기 소대에서 없으면 다음 소대로 넘어간다. 희망자 없나?"

그때 아버지가 오른손을 번쩍 들고 나섰다.

"제가 하겠습니다."

나의 아버지 박병염 이등병의 군대 생활 첫 에피소드는 이렇게 시작되었으니 어디서 그런 뱃심이 생겼는지 모르지만 분명 탁월한 결단이었다. 그때부터 아버지는 군대 보급계를 맡아서 운영했다. 일주일 내로 재무제표를 작성해야 하는데 주먹구구와 한글로 이름 석 자 쓰는 정도인 아버지가 감당할 수 있는 일이 아니지만 어떻게든 해내야만 했다.

아버지는 재무제표 작성을 핑계로 부대를 나와서 대동국민학교 소사 아저씨에게 사정 이야기를 했다. 재무제표가 뭔지도 모르는 두 사람이 머리를 맞대고 끙끙대다가 초등학교 교사에게 사정 이야기를 해 간신히 도와주겠다는 확답을 받는다. 이렇게 한 보람이 있어서 아버지는 부대에서 재무계장이라는 막대한 보직을 얻어서 군대생활을 인생의 새로운 발판으로 삼는 데 성공했다. 생면부지였던 국민학교 교사가 도와주지 않았다면 어땠을지 아찔하지 않은가?

어쨌든 아버지는 무턱대고 일부터 맡아놓고 초등학교 교사에게 더듬더듬 주판을 배우고 덧셈 뺄셈을 마침내 스스로 익혀내었다. 물건을 받거나 살 때는 영수증이나 계산서를 받아 이것을 차곡차곡 모아 정리하여 예산 사용이 제대로 되었는지를 정리하는 것이 재무제표인 것을 터득하게 된 것이다. 재무제표를 능숙하게 정리할 수 있게 된 후 아버지는 일자무식 시골 촌놈이 출세했다는 자신감에 부풀었다. 실제로 제대할 즈음에는 보급계장 자리를 차고 앉아 식자 깨나 있는 신참을 뽑아서 실무를 시키고 아버지는 확인만 하는 정도가 된 것이다.

재무제표 작성은 한마디로 당시의 허술한 군대 시스템을 보여주는 대표적 사례 중 하나였다. 들어오는 물품과 영수증을 맞춰야 하는데 중간에 빼돌리는 게 하도 많아서 도저히 맞출 방법이 없다. 엉터리로 얼렁뚱땅 해야 하기 때문에 그 작성이 어려운 것이다. 만약 검사관에게 작은 꼬투리라도 잡히면 꼼짝없이 당해야 한다. 원리원칙대로 할 수도 없고 숫자놀이처럼 가짜로 만들 수도 없고 윗사람이 보기에 적합하게, 그들이 원하는 숫자를 파악해서 만들어주어야 한다. 그래서 아버지는 가라 영수증도 만들고 금액에 동그라미를 하나 더 그려 넣기도 하면서 재무제표를 작성했다.

전쟁 후유증으로 돈이 있어도 생필품 구하기가 어려웠는데도 군대만큼은 눈먼 물자가 남아돌던 50년대 후반이다. 굶어 죽지 않을 만큼만 배식하고 나머지는 빼돌리는 시스템이 일상화된, 상납과 부정부패가 만연했던 자유당 말기 상황이었다. 대량 구입에 대량 소비가 이루어지는 데 체계가 일관성이 없고 허술했기 때문이다. 가령 10일 치 물자가 납품되었는데 이박 삼일 비상출동이 갑자기 생기면 중간에 이삼 일 치 식품이 남아도는 것이다. 남았다고 반납하면 계산이 복잡해지고 일거리가 늘어나 오히려 곤혹스럽게 당하기 때문에 어떤 방법으로든 처리해야 했다는 거다.

한마디로 물자 조달을 책임지는 보급계는 엉망진창인데 먼저 가져가는 사람이 임자고, 많이 빼돌리는 사람이 능력자였다. 이런 상황에서 아버지는 눈치껏 윗사람에게 잘 보이고, 아랫사람을 챙기면서 능력을 인정받았다. 최말단에 있는 아버지가 많은 권리를 누리지는 못했지만 대동국민학교 선생에게 신세를 갚고, 객지인 조치원에서 새로운 발판을 마련했던 것은 부식보급계를 맡은 덕분이었음을 부정하기는 어렵다.

아버지는 군대생활의 에피소드 추억하기를 좋아했으니 그즈음이 아버지 인생에서 가장 빛나고 화려했던 순간이 아니었을까? 군대생활이 아버지의 화양연화였던 것은 그만큼 배고프고 천대받았던 세월 때문일 것이다. 처음으로 좋은(?) 음식을 실컷 먹었고, 단체생활 속에서 능력을 인정받았으니 아버지가 평생 잊지 못하고 자랑하는 것은 당연할지도 모른다. 형식상 평등했던 군대 시스템에서 잠시나마 절대 빈곤의 악몽에서 벗어난 환상도 좋기만 했을 것이다.

처치 곤란한 물자를 땅에 묻거나 폐기처분하다 보면 어디서 냄새를 맡고 오는지 배고픈 민간인들이 하나둘 나타나 머뭇거린다. 그렇게 인연을 맺은 사람들에게 아버지는 위험을 무릅쓰고 폐기 대상 식자재들을 몰래 넘겨준다. 배식하고 남거나, 버리는 음식을 알뜰하게 모아서 돼지먹이로 보내는 데 남다른 정성을 보탰다. 송덕이 아버지에게 돼지를 키우도록 권유했기 때문에 일부러 담벼락 넘어 발품을 팔기도 했다. 학교 문턱도 넘어보지 못했던 당신께서 졸병으로 보낸 3년의 시간이 앞으로 살아가야 할 세상을 밑바닥에서 배우는 발판이 된 셈이다.

아버지가 군대에서 배운 인간관계의 소통 능력은 무엇보다 평생 업으로 삼은 장사 기술의 기본을 익히게 만들었다. 장사는 늘 새로워지는 상황에 적응하기 위해 소비자의 욕구를 읽어내는 것이 기본이다. 아버지는 군대에서 상대방의 눈빛을 읽는 요령이라는 것을 최초로 배운 것 같다.

취사반에서는 물자를 조리해서 병사들에게 먹여야 하는데 많을수록 노동량이 늘어나기 때문에 표시나지 않게 줄인다. 무는 받자 마자 아예 반 이상 남겨놓고, 고기는 상납용으로 반 이상 남기는 것이 관례였단다. 취사반에 들어오기 전에 이미 반 토막난 물자들이 취사반에서 다시 반 토막이 되는 것이다. 이러니 병사들의 음식은 질이 형편없이 떨어질 수밖에 없었다고, 민망하게 회고한다.

남편은 70년대 후반 한탄강 취사병 출신인데, 남편과 아버지가 만나면 보급계와 취사병 이야기가 서로 잘 통한다. 남편은 취사병 시절 야외훈련에서 취급 곤란하여 땅에 묻어버린 무 가마니 이야기를 죄의식 반 재미 반으로 회상한다. 아버지는 그 틈에서 살아남아 당당한 대한민국 남자가 되었고 이를 자랑삼으며 평생을 살았다. 군대에서 배운 생존전략인 요령을 밑천 삼아 평생 밥벌이를 하며 살아온 것이다. 그 와중에도 나만 잘살겠다고 다른 사람 등을 치는 행위 따위는 하지 않았던 것은 신용의 중요성을 몸소 익혔기 때문이다.

무조건
밍크고래라고 해야 돼

아버지에게 본격적인 장사를 가르쳐준 사람은 큰고모였다.

큰고모는 애기 못 낳는 한과 설움으로 얼룩진 일생을 살면서 자신만의 행로를 새롭게 개척해야 했다. 고모부는 새장가를 가서 아들을 낳았으나 큰고모와 여전히 사업파트너로 십여 년 관계를 지속하고 있었다. 위자료도 못 받고 시집에서 쫓겨난 큰고모는 젊은 여인의 몸으로 거래처 창고에서 숙식을 해결했으니 생존 능력이 있는 여인이었던 셈이다. 그 와중에 고모부 사업이 부도가 나면서 큰고모까지 길거리로 쫓겨나게 될 판이었다. 고모부는 빚쟁이에게 쫓기면서도 큰고모에게 물건 창고를 하나 넘겼는데 그 물건이 고래고기였으니, 고래고기가 돼지고기보다 싸게 거래되던 시절이었다. 고래 포획이 금지된 현재는 고래고기가 부르는 게 값이지만 당시에는 돼지껍데기처럼 싼 맛으로 먹는 별미로 취급받았다.

큰 고모는 물건을 빨리 처리하기를 원했다. 그래서 경매 절차도 생략한 채 순식간에 도매꾼들이 몰려와서 고래고기를 헐값에 가져갔지만 그래도 물건이 남았다. 큰고모는 처음 종잣돈을 마련할 수 있는 기회임을 간파하고 나머지 고래고기를 직접 팔기로 작정했다.

고래고기를 다라에 이고 나섰는데 유통기한이 있는 물건이라 마음이 여간 급한 게 아니었다. 부산 일대는 고래고기 수요가 많아서 발품 파는 값은 나오지만 혼자 파는 것만으로는 택도 없다. 다양하게 궁리를 하다가 큰고모는 동생들을 부산으로 불러서 장사를 시켰는데 일하는 족족 하루 이틀 버티곤 줄행랑을 놓곤 했다. 큰고모는 성격이 불같이 괄괄하고 대찬 사람이라 늘 당신 주장에만 급급했기에 동생들이 견디지를 못했던 것이다.

아버지가 조치원 부대에서 근무할 때였는데 고래고기 때문에 말년휴가를 앞당겨 나왔다. 군복차림의 아버지는, 쪽진 머리에 한복차림으로 고래고기 다라를 이고 있는, 큰고모를 만났다.

"누님, 지가 한 번두 안 먹어본 고래고기를 어떻게 팔지 걱정이네유. 일단 맛이나 좀 봐야 되겠네유."

"오자마자 콩 볶아서 될 일이 아니니까 서두르지 마라"

"……."

"자, 된장하구 새우젓으로 간을 해서 먹어봐. 맛이 어떠냐?"

"뭐 그냥 고기맛이네유."

"그래두 고래고기 좋아하는 사람은 환장을 한다니까. 부위별로 찾는 까다로운 사람도 있고, 안 먹어본 사람들은 퍼석거린다고 꺼리는 사람도 있지만. 돼지고기 반값도 안 되니까 그 맛에 먹는 사람들이 많지. 기름기 보충하려고 먹는거여. 깊은 바다에서 사는 고기라서 몸에 좋대. 특히 일본 사람들이 그렇게 좋아한대."

"삶아서 팔어유?"

"길거리에서 막걸리나 소주 안주로 먹는겨. 자, 막걸리하구 먹어봐라."

"처음 먹어서 그런가, 쫄깃한 맛도 아니구 구수한 맛도 아니구 비린 것 같기도 한데. 소고기 같기도 하고 돼지고기나 개고기와 구분하기도 어렵겠어요. 어쨌든 맛으로 팔아먹기는 어렵겠는디유?"

"고래고기가 부위별로 맛이 달라서 백 가지 맛, 이백 가지 맛이래. 날짐승, 산짐승, 바닷고기 맛이 고래 한 마리에 다 들어 있다는겨. 무슨 맛이라고 한마디로 하기는 곤란하지만, 밍크고래가 최고로 맛있다나. 그래서 무조건 밍크고래 고기라고 해야 잘 팔려. 우선 오늘은 쉬고 나 하는 대로만 따라서 해. 장사가 말로 가르쳐서 되는 것도 아니고, 노력하는 만큼 팔아먹을 수 있는 건데. 그걸 누구는 잘한다, 나는 못한다, 구분할 것도 없고. 그냥 이걸 팔아야 내가 산다. 이런 맘만 가지면 되는겨."

"누님이 시키는 대로만 할게유."

큰고모와 총각 아버지는 의기투합이 잘되었다.

비록 남매가 오순도순 잠 잘 방 한 칸도 마련되어 있지 않은 상황이지만, 문제가 되지 않았다. 아버지는 군대생활보다 불편한 생활에도 아랑곳없이 오직 고래고기 장사에 전념했다. 두 분은 비슷한 성향이 있었는데 목표의식이 강하다는 점이었다. 쉽게 포기하거나 체념하지 않고 무데뽀로 일단 저지르는 추진력이 남다르다는 점 또한 막상막하였다.

큰고모는 이혼과 경제적 파탄을 이겨내려는 독기로 지옥훈련 같은 하루하루를 버텨냈다. 고모부 역시 부도가 났지만 서류상 고모와 이혼관계이므로 고래고기를 고모가 챙길 수 있었으니 악화가 양화를 구축한 셈이다. '애기 못 낳는 여자', '혼자 사는 여자'라고 집적대는 남자들이 많았는데 어느 날 남동생이 군복차림으로 떡 옆에 버티고 있으니 얼마나 든든하겠는가? 아버지는 큰고모의 보호자 구실까지 겸하며 리어카를 끌었다. 카랑카랑한 목소리와 탁월한 사리분별력을 가진 큰고모는 누구에게도 호락호락하지 않았지만, 눈동자에 깊은 그늘을 지녔다. 강한 카리스마로 사람들의 마음을 쥐었다 놓으며 흔들어댔고, 한 맺힌 여자들의 마음을 풀어주는 마법 같은 힘을 발산했다. 아무튼 이 힘으로 큰고모는 기가 막히게 장사를 잘했다. 어떻게나 수완이 좋은지 고래고기를 못 먹어본 사람에게는 맛이 궁금해서 사게 만들었고, 먹어본 사람에게는 새로운 맛에 이끌리게 만들었으니.

큰고모는 일단 리어카에 고래고기와 다라를 싣고 아버지에게 끌게 했다. 시장에는 고래고기 장사가 많이 있어서 주택가를 다니며 팔았는데 큰고모는 다라에 이고 다니며 집집마다 방문 판매를 했다. 울타리가 얕았던 시절이라 한두 집을 다니면서 적당한 곳에서 판을 벌리면, 돌담 너머 기웃대던 마을 사람들이 모이게 마련이다.

"지나가는 행상인데. 물 한 모금 얻어먹읍시다."

"여기 있소."

"고맙습니다. 그릇 좀 가져오세요. 고래고기 드릴게요."

"이 귀한 걸 거저 얻어서 되겠나?"

"잠시 쉬어가게 마루만 빌려주시면 고맙겠습니다."

여기까지 이야기가 성사되면 큰고모는 물 만난 고기처럼 종횡무진 집안이야기를 들어주고 고민을 상담해주었으니 은인이 되는 건 시간문제다.

"올해 삼재가 꼈는데 조심해야겠네요. 아침저녁 정성스럽게 정한수 떠놓고 치성드리는 게 좋아요."

큰고모는 목소리와 눈빛 그리고 온몸에서 뿜어 나오는 신기神氣의 아우라에 위엄이 철철 넘친다. 남편과 자식을 위한 덕담과 예방을 받고 나면 큰고모를 대하는 사람들의 태도가 180도 달라지면서 고래고기까지 특별한 효능이 있는 것으로 믿어버린다. 결국 동네사람들을 모아주고 고래고기를 팔아주기까지 숨 막히는 진행이 순식간에 이루어진다. 일사천리로 신도와 교주처럼 깊은 인연을 만드는 것이다. 광주리에 담긴 고래고기가 모자라서 못 파는 상황이 되면 아버지가 끌고 있는 리어카로 사람들을 몰고 온다. 갑자기 사람들이 몰려와서 너도 나도 고래고기를 사면, 물건이 떨어질까 발을 동동 구르는 사람들이 인산인해를 이룬다. 사기를 치거나 일부러 사람들을 이용하는 것도 아닌데, 저절로 사람들이 달라붙는 마법을 보인다. 아버지는 사정한다고 물건을 팔 수 있는 것이 아니라는 것을 큰고모한테 배웠다고 한다. 스스로 팔아주고 싶은 마음을 갖게 하거나, 사야 할 필요나 가치를 느끼게 해야 한다는 것을 체득한 셈이다.

큰고모는 애기 못 낳는 여자들 한을 풀어준다는 삼신할머니를 섬기는 교주가 되었고 이후 많은 신도를 거느리는 종교인으로 사십여 년 산속에서 생애를 보냈다. 일본에 양녀로 갔다 왔다는데 정신대와 연관이 있지 않았을까 싶었지만 차마 확인할 수 없었다. 카랑카랑한 목소리와 좌중을 압도하는 눈빛도 그립지만, 그 속으로 삼켜버린 우수憂愁가 가끔 내 안으로 스며든다.

흥식이 오빠,
다시 태어나 가수가 되었으면

1955년 전쟁의 후유증이 산재해 있던 시절.

큰고모는 도랑에서 꼬물대는 갓난 핏덩이를 승복에 품고 경찰에 데려다주었다. 하지만 경찰은 유기된 신생아를 처리할 방법을 성의 있게 찾지 않고 방치했다. 오히려

"이것도 인연인데 보살님이 데려다 키우세요. 시설에 보낼 때까지 보살님이 오가며 보살피지 않으면 죽을지도 모릅니다."

애를 낳지 못한 설움에 한이 맺혔던 큰고모는 자신이 엄마인 것처럼 반응하는 아기를 외면할 수 없었을지도 모른다. 자의반 타의반 부처님의 계시로 받아들이면서 모자간 인연의 서막이 열

린 것이다. 이렇게 시작한 홍식이 오빠와 큰고모의 인연은 인간이 인간에게 가질 수 있는 온갖 감정들의 잉태와 혼란 속에서 막장드라마보다 가혹한 60년 인생을 펼치게 된다.

큰고모는 무업으로 생계를 삼았는데 미신타파사업 이후 삭발하여 승려가 되었다. 미신타파운동은 일제강점기부터 시작되어 1970년대 새마을운동 사업으로 본격화되었다. 제주도의 당산망을 비롯하여 전국적으로 수많은 민속종교 흔적을 지워버렸고 무속인들을 무자비하게 탄압했다. 큰고모는 이때 철거를 피해 생업을 연명하기 위해 무속인에서 승려로 모습을 바꾸었지만 '애기 못 낳는 여자를 극락으로 인도하는 신과 인간의 중개자' 역할을 포기하지 않았다.

아버지는 홍식이 오빠가 좋아하고 의지했던 단 두 사람 중 한 명이었다. 걸핏하면 가출을 밥 먹듯이 하던 오빠는 가난한 친척들에게는 골칫덩어리였다. 사고 치고 집에 들어갈 수 없는 사정이 생겼을 때 친구들까지 몰고 와서 며칠 묵으며, 여행 떠날 돈까지 요구하곤 했다. 학교나 집, 동네 어디에도 맘을 붙이지 못했는데 할머니만은 오빠가 찾아오면 돌아온 탕아를 맞듯 반겼다. 할머니는 특별음식을 만들어주고, 옆에 끼고 살다시피 보살폈다.

"인물 좋고, 재주 좋은 조카여."

아버지는 보는 사람들마다 입에 침이 마르게 자랑했다. 머리가 비상해서 홍식이 오빠가 더 미움을 받는다고 안타까워했다. 공부도 잘했지만 주위 차별과 냉대 속에서 그냥 무던하게 살지 못하고 민감했다는 것이다. 부당한 대우를 받을 때마다 조목조목 바른 말을 잘했으나 정당성이 통하기는커녕, 근본 없는 놈, 싸가지 없는 놈이라 무시당할 뿐이었다는 것이다.

홍식이 오빠는 키가 크고, 얼굴이 길고 하얗고 콧날이 크고 파란 눈과 노란 머리카락을 지녔으니 눈에 띨 수밖에 없었다. 오빠를 키운 건 할머니였지만 오빠의 엄마는 큰고모였다. 하지만 오빠와 큰고모 사이는 원만하지 못했다. 큰고모는

"서방 복 없는 년이 무슨 자식 복을 바라느냐."

그 넋두리를 입에 달며 살았다. 큰고모는 애를 낳지 못하여 원만한 혼인생활을 지속하지 못했다. 바닷가를 떠돌다가 애기 못 낳는 여인의 한을 풀어주라는 용왕님의 계시로 강신무가 되었던 것이다. 일본에 정신대로 끌려갔다고 직접적인 표현은 꺼렸지만 근현대사를 배우면서부터 나는 그렇게 확신했다. 어른들끼리의 암묵적 분위기를 읽어냈기 때문인지도 모른다. 큰고모도 양녀로 일본에 갔다가 갖은 고생 끝에 간신히 살아서 돌아왔다는 이야기를 가끔 했다.

큰고모가 민속종교 탄압의 격동기를 견디기 위해 생업 현장

으로서 절집을 운영하였던 시절에 흥식이 오빠는 '튀기', '혼혈아', '무당 아들', '중 아들'의 놀림을 감당하지 못하고 학교와 집 담벼락 바깥으로만 돌았다. 그러거나 말거나 큰고모의 절집은 신도들의 지지와 후원이 날로 늘면서 '백운사' 현판식을 할 때는 수백 명의 신도들과 승려협회 임원들이 대거 참석했다. 큰고모가 종교인으로 자리를 잡을 무렵 흥식이 오빠는 재산분할까지 요구하면서 영원한 결별을 선언했다.

아버지는 흥식이 오빠에게 부정父情을 대신하겠다는 마음이 지극했으나, 살림살이에 찌들어 시간적 여유가 부족했다. 그나마 할머니가 큰고모 대신 오빠의 유년 시절을 도맡았으니 모정을 조금이나마 맛보게 한 셈이다. 하지만 손자 손녀가 매해 태어나면서 관심이 그쪽 핏줄에 쏠릴 수밖에 없었다. 오빠가 신흥동 집에 오면 아버지와 할머니가 지극정성으로 다독였지만 가난한 살림과 바쁜 일상에 묻혀버린 애정은 받는 자에게 감질만 날 뿐이다. 어린 내가 보기에는 샘이 날 정도로 오빠만 위해주는 것처럼 보였는데 정작 오빠의 방황을 채워주지 못했던 것이다. 그랬다. 아버지보다 키가 컸던 흥식이 오빠는 일을 하지 않았고, 집안이 답답하다며 오토바이를 타고 밤낮 여기저기 돌아다녔다. 나도 한두 번 오토바이를 태워줬는데 오빠 허리를 꼭 잡으면서 연애소설의 장면처럼 짜릿했던 기억이 감미롭다. 오빠는 오

117

토바이 소음과 바람 소리를 반주 삼아 라디오 가수처럼 끊임없이 노래를 불렀다.

님이 오시나 보다
밤비 내리는 소리
님 발자국 소리
밤비 내리는 소리

오토바이 바람을 역류하며 울리던 그 노래는 가수보다 훨씬 더 애절한 목소리였다. 오빠 때문에 그 노래를 좋아하게 되었고 동시에 노래 때문에 오빠를 더욱 오래 좋아하지 않을 수 없었다. 미군부대에 오디션을 보러 간다고 해서 오빠가 꼭 가수로 활동할 수 있게 해달라고 처음으로 하느님께 간절히 기도를 올리기도 했다. 홍식이 오빠는 외모의 특이함만큼 깊은 그늘이 온몸을 휘감고 있었는데 끝내 그 속으로 빨려들고 말았다. 오빠의 비극적인 탄생과, 끝내 이방인의 낙인을 떨치지 못한 채, 암세포가 생명을 잠재울 때까지 60년간 파란만장한 일생을 보냈다.

전생의 업보 때문이었던 것인가? 오빠와 큰고모는 원수처럼 상처를 주고받으며 가시밭길 인생을 평행선으로 살아야 했다. 오빠가 행복했던 시절은 아버지와 할머니와 지냈던 충북 고연에서의 그 시기뿐일지도 모른다. 피부색과 파란 눈과 노랑머리 만큼이나 어디에 있어도 좌불안석인 홍식이 오빠에게 큰고모는 단지 자애로움을 벗어던진 엄격한 성직자였을 뿐이었다. 중학교 때 이미 술과 담배, 여자를 알아버린 오빠를 용납할 수 없었던 큰고모는 청소년 시절 절연을 선고할 만치 매몰찼다. 오빠는 고모보다 앞서서 암을 선고받고 세상을 뜨면서도 큰고모와 끝까지 연락하지 않았다. 아버지 혼자 임종을 지켰다고 한다.

무엇보다 가슴 아픈 기억은 오빠가 평생 머리를 검게 물들이며 살았다는 점이다. 나는 오빠의 '노랑머리'를 본 적이 한 번도 없었다. 들키지 않으려고 얼마나 힘들었을까. 노랑머리를 검게 물들일 때마다 오빠는 얼마나 외롭고 불행한 심정으로 자신의 생을 저주했을까? 마음으로 핍박하지 않고 정을 주는 것만으로도 누군가에게 큰 위안이 될 수도 있음을 그때 어렴풋이 알게 된 것 같다. 이 세상 모두가 그를 따돌리고 핍박할 때 그 반대편에 설 수 있는 용기는 따뜻한 눈빛과 밥 한 숟갈의 나눔으로 충분하다는 것을.

태관이 오빠는
효자였을까?

"영혼결혼식?"

"태관이 오빠 여자친구가 폐결핵으로 죽었는데, 영혼결혼식을 해야 망자가 극락에 갈 수 있다고 죽은 사람과 결혼식을 올리는 거래."

"진짜 결혼식처럼 해야 한대. 그래서 오빠가 엄마를 졸라서 결혼식에 함께 간 거야. 엄마랑 나랑 오빠랑 갔다 왔어."

태분이 언니랑 한 살 차이라 그냥 친구처럼 지냈다. 큰고모네를 방문하면 같은 집에 작은아버지 가족이 살았고 이삼백 미터 아래 막내고모가 살았는데 모두 큰고모가 마련해준

둥지다.

아버지의 형제는 이남 사녀로 모두 큰고모 그늘에서 생계를 유지하다시피 했다. 그중에서 가장 어렵게 살아가는 막내고모 아들인 태관이 오빠는 큰고모에게 미운털이 박혔다. 고모부가 생활력이 없는데다가 성격이 까칠해서 집 밖에만 나가면 시비가 붙고 싸움이 끊이질 않았던 것도 이유가 된다. 막내고모는 인물과 솜씨가 빼어났지만 박복했다. 고모부와는 정이 없었고 큰고모와도 관계가 불편했다. 큰고모가 운영하는 백운사에 일을 다녀야 생계비를 마련할 수 있는데 부자가 죽기살기로 가로막는 것이었다. 막내고모는 몰래 일을 다녀서 떡이며, 쌀이며, 부식을 챙겨왔지만 늘 지청구를 먹었다. 태관이 오빠가 크면서 갈등은 극히 심해졌고 큰고모는 악담까지 퍼부었다.

"사람은 지 분수에 맞춰 사는 게 상팔자여. 분수 모르고 날뛰면 지 몸만 상해. 분수에 맞지 않게 자식 꽁무니만 쫓다간 자식도 망치고 집안까지 말아먹는겨."

큰고모의 말에는 뼈가 있었다. 일체의 생활비와 학비가 큰고모 주머니에서 지출되는 만큼 태관이 오빠와 막내고모부가 큰고모 사업을 받쳐주지 않으니 스폰서 역할을 하지 않겠다는 것이다. 태관이 오빠는 끝까지 큰고모에게 머리를 숙이지 않았다. 막내고모 역시 아들 편을 들고 큰고모와 왕래를 끊다시피 했다.

자유를 누린 만큼 배고프게 살았는데 그때마다 태관이 오빠는.

"우리 집은 내가 먹여 살리겠다."

큰소리를 쳤지만 정작 잘 풀리지 않았다. 상업고등학교 졸업 후 취업에 신경 쓰지 않고 고시에 관심을 보이다가 군대에 갔다. 그리고 오빠는 영원히 제대하지 못했다. 군부대에서 정확한 사고 경위에 대해서는 공개할 수 없다고 했지만 아무도 제대로 대응하지 못했다.

"태관이가 성질이 까칠하잖어?"

"누구한테도 지기 싫어하고, 승질머리가 지 아버지를 닮아서 원만하지는 않어. 못된 놈은 아닌데 까다롭지."

"고모가 성질 팩팩한 고모부 뒷바라지하느라 눈물 마를 날이 없었는데 이제 믿었던 맏아들마저 잃고 무슨 낙으로 살아가나?"

"태관이가 엄마를 닮아서 인물이 훤했잖어? 가난한 집에 태어나서 불뚝성질머리가 된 거지. 쯧! 이리 될라고 그랬나. 없는 살림 살면서도 옷이며 먹성이며, 최고급으로만 해줬다잖어."

"그러니까, 영혼결혼식인가 그런 거를 왜 하냐구? 그 처녀귀신이 데려가려구 얼마나 넘보고 다녔겠어?"

"군대에서 죽었으니 개죽음은 아닌겨, 보상금이 나오거든."

"부하가 뒤에서 총으로 쐈다는디……."

"국립묘지에 묻히고, 명예롭게 보상도 헤준다고 하라는 대로

도장 찍으라고 해서 그렇게 했댜."

"말조심하게. 안 그러면 군복 벗고 모가지 잘릴 사람이 한 트럭이랴."

태관이 오빠는 죽었지만, 그로 인해 오빠네 집안은 새롭게 살길을 찾았다. 보상금으로 집도 입식으로 고쳤고 막내고모 내외는 매달 생활비가 나와서 더 이상 노동을 하지 않아도 되었으니 그것만큼은 다행이라고도 할 수 있겠다. 동생들 또한 학비며 취직이며 보훈가족 혜택을 입어 그럭저럭 자리를 잡을 수 있었으니 오빠는 죽음으로써 비로소 맏아들 노릇을 마무리하게 된 셈이다. 하지만 오빠의 빈자리를 무엇으로 메울 수 있겠는가? 오빠가 죽은 후 백설공주처럼 곱고 예뻤던 얼굴과, 부처님 같은 막내고모의 미소는 급작스럽게 자취를 감춰버렸다. 머리가 하얗게 쇠고 귀기서린 모습으로 변한 막내고모는 역시 곧바로 아들의 뒤를 따랐다.

아버지는 태관이 오빠의 죽음에 대해 침묵을 고수했다. 큰고모와 막내고모의 관계 때문이다. 큰고모는 막내고모에게 '아들 잡아먹은 어미'라 직접 표현하지 않았지만 그런 식으로 응대했다. 막내고모는 유순한 성격임에도 태관이 오빠에게 냉담했던 큰고모에게 쌓인 한을 죽는 날까지 풀지 못했다. 사월 초파일 같은 큰 행사가 있을 때만 잠시 얼굴을 보일 뿐 큰고모가 운영하는 백운사에 발길을 끊음으로써 독립을 선언했다.

큰고모는 승려의 신분임에도 나르시스적 집착이 강해서 당신이 특별히 좋아하는 사람을 독점하지 못하면 불같이 화를 냈다. 어쩌면 막내고모의 자식 사랑이 유별났던 것인지 모르겠다. 어른 생일잔치도 힘들었던 시절에 4남매 생일잔치를 꼬박꼬박 챙겨주는 풍경이 큰고모가 보기에 못마땅할 수도 있었겠다. 그런데 영혼결혼식에 참석하지 말라고 했는데 어겼다고 노여워서 악담까지 퍼부은 큰고모에게는 결코 이해할 수 없는 위악僞惡이 있었다.

작은아버지와 막내고모가 큰고모의 집착 대상이 된 것은 몇몇 이유가 있다. 두 사람 모두 외모부터 특출하게 이목을 끌 정도로 번듯하고 아름다웠다. 게다가, 성품이 온화하여 '부처님 반토막'이라는 말을 달고 살았다. 큰고모는 부처님을 모시며 살았지만 섬세한 다독거림이 부족해서 신도들을 접대하는 작은아버지와 막내고모의 지원이 절실하게 필요했던 것이다. 작은아버지는 큰고모를 위해 죽는 시늉까지 하면서 헌신했지만, 막내고모는 그러지 못했다. 이러한 속사정을 잘 알고 있는 아버지는 누님과 동생 사이에서 침묵을 지킬 수밖에 별도리가 없었다.

오랜 세월이 지난 후 아버지는

"태관이가 굵고 짧게 살았다."

그렇게 평가했다. 애만 못 낳았지 연애도 했고, 결혼도 했으니 살 만큼 살았다는 것이다. 죽어서까지 집안 생계를 혼자 책임졌으니 그만한 효자가 어디 있냐고 곁들이면서.

제3부

물렁이 복숭아

이사

이사를 서두른 건 시골 부농인 이모가 과수원을 사달라고 해
서 계약을 했는데 이모부가 끝내 동의하지 않아 포기했기 때문
이다. 계약금이 아깝고, 과수원을 포기하기도 서운해서 우여곡
절 끝에 아버지가 매입하기로 결정하면서 신흥동 집을 팔기로
했다. 과수원에는 원두막도 있으니, 벽돌 몇 장 보태면 바람 피
할 거처는 쉽게 해결되리라 판단했던 것이다. 신흥동 집은 문서
도 없는데 마침 사겠다는 사람이 빨리 나타나는 바람에, 집값도
섭섭지 않게 받았다. 비록 빚더미로 시작했지만 평생 남의 밭 임
대 복숭아 농사만 짓다가 얼떨결에 과수원을 매입한 아버지는
태어나서 처음으로 축하와 성공의 기분에 들떠 있었다.

그 과수원에는 우리가 살 수 있는 집이 없었는데도 아버지는 과수원에 딸린 원두막에서 살면 된다고 태평했다. 조치원에서 도랑 옆에 집을 지을 때처럼 맨주먹으로 시작하면 되려니 생각했던 듯하다. 현재의 원두막이 반영구적으로 견고하니, 그 옆에 방 한 칸만 더 들여 살아보려 했다. 벽돌을 사서 쌓고 그 위에 지붕만 덮으면 집이 되려니 한 것이다. 하지만 9월 말에 살림을 옮기자마자, 아침저녁으로 찬바람이 싸늘해서 당장 난방장치가 필요했다. 그때서야 일을 놓은 지 오래된 목수, 미장이 등 주변에 놀고 있는 사람들을 불러 집짓기를 서둘렀다.

아버지를 제치고 전체적인 지휘를 맡은 것은 키다리 아저씨처럼 껑충한 '소판날 소 씨 아저씨'이다. 소판날은 종촌에서 양화리로 넘어가는 고개이름이다. 임 씨가 많은 동네라 박 씨, 소 씨라고 지칭하는 건 타관에서 왔다는 의미를 담아 함부로 대하는 것이다. 그런 줄도 모르고 소 씨 아저씨라고 불렀으니 지금 생각하면 죄송스럽다. 아저씨는 느릿한 말투로 분위기를 이끌어가면서도 필요한 일을 챙기는 중요한 역할을 많이 했다.

"일단 목수가 한 명 있어야 허는디 말여, 멀리서 데려오면 공사 끝날 때까지 숙식 제공해주고 일당도 남자 일꾼 두 배는 줘야 하는디 말여, 근디 비용이 말여…… 아, 그려! 목수일 할 만한 사람으로 춘섭이 아버지가 딱 맞춤인디 말여. 저래 봬도, 젊었을 때는 대목으로 서로 모셔갔던 사람인디 말여…… 성격이 좀 까 닥시러워서 말여 일하다 수틀리면 무조건 집어던지고 자기 품 값 챙겨 가버리는디 말여. 하던 일 팽개치고……. 에휴, 그 승질 머리 땜에 일 안한 지 오래됐지만 말여. 원래는 실력 있는 목수 란 말여. 그만한 사람 구하기가 쉽지 않은디 말여. 박 씨는 운이 좋은 줄 알고 말여. 우리 동네사람이라 뒤로 뻗지는 못할 거구 말여. 춘섭이 아버지 구슬리는 건 내가 알아서 할 테니 크게 걱 정 안 해도 되구 말여. 집에서 왔다 갔다 하믄 되니까 품삯도 절 약되구 말여. 일당은 미장이하고 같은 가격으로 내가 잘 말해볼 테니 말여. 박 씨는 일꾼들 막걸리나 인색하지 않게 챙기면 되 구 말여."

목수가 들어서면서 일의 진척이 빨라졌다. 아버지는 방 한 칸 을 크게 들여 장지문을 만들고 부엌 아궁이를 갖춘 오막살이집 을 구상했었던 듯하다. 그런데 막상 일을 시작하자, 여러 사람들 이 제대로 된 집을 지어야 한다며 조언을 아끼지 않았고 그 결과 규모가 어마어마하게(?) 커져버렸다. 목수, 미장이, 설계자, 집 주인이 구분되지 않고, 구경꾼마저 한몫하는 아마추어 실습용 집짓기가 진행된 것이다. 동네사람들과 친척, 지인들까지 총동 원되어 방 세 칸에 마루를 갖춘 집이 만들어지기까지 처음부터 끝까지 주먹구구식으로 중구난방이었으니.

"1200평 과수원 하나루 열두 식구가 매달려 먹구살어야 하는 디유. 집터를 늘리면 그만치 복숭아나무를 죽여야 돼잖유."

아버지의 발언은 동네사람들이 너도 나도 끼어들면서 순식간에 묵사발이 되었다.

"이 사람아, 일생에 집을 몇 번 짓겠나? 집이란 백 년을 바라 봐야 하는겨."

"그렇지, 빚을 내더라도 집 모양새는 갖춰야 죽어도 후회가 없지."

"박 씨, 부럽구만. 목수쟁이루 평생을 살면서 내 집 한 번 못 지었네그려. 이왕 집을 짓기로 벌려놓은 거 눈 딱 감구 배포 크게 하세."

"일단 방 세 칸짜리 집을 짓구 보자구."

"세 칸짜리 집은 마루가 가운데 있어야 하는디, 마루 놓는 게 방 하나 들이는 거보다 돈이 많이 들어. 일자로 세 칸을 지으면 몰라두……"

"일단 터만 잡아놓으면 마루는 천천히 해두 되잖은가? 마루 가 없으면 집이 뽀대가 없어서 안 되지."

입구의 복숭아나무를 열 그루나 캤는데도 집터가 부족하다는 의견 때문에 아버지는 당황했지만 여러 사람들의 의견을 존중할 수밖에 없었다. 이미 집짓기는 공동의견으로 진행되고 있었고, 아버지의 발언권이 턱도 없이 밀려난 덕분에 집은 모양새를 갖출 수 있었다. 아버지가 경제사정을 들먹이며 난색을 표명하자마자, 동네에 할당된 영농자금을 아버지에게 모두 지원해주자고 이장님이 나서기도 했다.

나는 당시 고등학교 2학년이었는데 휴학 상태라 집 짓는 과정을 처음부터 끝까지 지켜볼 수 있었다. 아버지는 애초에 원두막 이상의 집짓기에 대한 계획이 없었기 때문에 집이 완성되기까지 의견을 내세울 게 없었다. 아버지의 돌발적 중구난방 일처리 방식이 나쁘지만은 않았다. 아버지가 처음부터 번듯한 집을 지어야 한다는 생각을 가졌다면 아예 이사조차 불가능했을 것이기 때문이다.

그나마 신흥동 집값은 생활비와 사채 이자에 푼돈으로 나가버리고, 집을 짓는 비용은 100퍼센트 빚으로 충당했다. 자재는 외상으로 들여왔고 하루에 다섯 끼를 먹는 일꾼들 밥값을 대기 위하여 달러 빚을 얻기도 했다. 집이 형체만 간신히 갖추게 되면서 아버지는 일당이 높은 미장이와 목수 없이 소 씨 아저씨와 둘이서 마무리 작업을 했다. 굴뚝을 만들지 못했고, 부뚜막을 매끈매끈하게 바르지도 못했다. 마루 작업은 해를 몇 번이나 넘긴 후에 할머니가 고모들과 작은아버지에게 받은 쌈짓돈으로 간신히 마무리되었다.

아버지가 지은 두 번째 집도 북향이었다. 방마다 대학노트 두 개 크기 창이 있었고, 창 밖에는 복숭아나무와 소나무가 보이는 언덕길 풍경이 담겨 있었기에, 나는 이 방 저 방 다니면서 한동안 감동에 젖곤 했다. 신흥동 집은 북향이라 어물장사에 좋았다고 한다. 과수원집은 여름에 일을 하다가 마루에 누우면 얼음장 같이 시원했다. 나는 북향집에 대한 좋은 기억이 있어서인지 그런 집에서 다시 살고 싶다는 생각을 가끔 한다.

싯골
과수원집

마을은 아담하고 한적했다.

싯골은 소꼬리라는 뜻인데 동네 형상이 종촌 전체에서 꼬리 처럼 길쭉하다고 붙여진 이름이다. 십여 분 걸으면 종촌 정류소 가 있어서 교통이 편리하다. 나는 언제든지 새로 떠날 수 있을 것 같은 버스정류소를 막연히 좋아했다. 조치원, 공주, 대전으로 나 가는 직행버스가 있는 곳이어서 아버지는 오일장 다니기에 편 리하다며 흡족해했다.

처음부터 종이에 그리는 설계도는 아예 없었다.

소꿉장난할 때, 삐뚤빼뚤 동그라미 세모로 그리는 것처럼 목수아저씨가 막대기나 돌을 들어 땅에 그림을 그려 설명했고, 아버지와 아저씨들이 머리를 맞대고 고개를 끄덕이면서 소곤소곤 계획을 정리하는 듯했다. 그러더니 갑작스럽게 네모난 땅 모서리에 쇠말뚝을 박고 나일론 실로 테두리를 둘렀다. 하루 종일 선을 긋고 쇠를 박고 작업을 되풀이했는데 소꿉장난할 때 선을 그렸다가 지우는 것과는 확실히 달랐다. 방의 크기가 결정되는 순간 갑론을박이 큰소리로 부딪히기도 했다.

"네모반듯한 열 자 방이 최고여."

"사랑방은 더 늘려야지."

"길가 끝까지 늘리면 열세 자 방이 나오는디. 이렇게 휑하니 넓으면 우풍이 세. 나무도 많이 들구 말어, 그냥 열 자 방으로 똑같이 혀."

"과수원에서 나오는 나무 다 뭐할겨. 아침, 저녁으로 푹푹 쟁여 때면 되지. 걱정도 팔자구먼."

"식구만 열두 명인디, 손님이라두 닥치면 어쩌려구, 큰 방 하나는 있어야지."

새참 시간에, 실로 금을 만들어놓은 공간을 자세히 보았다. 이곳이 방이 된다는 믿기지 않는 사실을 재차 확인하고 싶었던 것이다. 시멘트를 붓기 전 맨땅이다. 신발을 신고, 안방, 윗방, 사랑방을 오가며 완성된 방의 모습을 상상하는 것이 행복했다. 아무도 시키지 않았지만 시멘트 벽돌을 쌓을 때는 함께 나르며 일손을 보탰다. 가슴속에서 둥둥 북소리가 울리기 시작했다. 두 번째 집을 지었던 그때 아버지 나이는 사십육 세였다.

한 달 남짓 진행된 집짓기는 외상 거래로 값싼 자재를 가져올 수 있었기에 가능했다. 사공이 많은 배는 산으로 간다지만, 말 많은 건축 도우미들 덕분에 원두막 수준의 집을 지으려던 아버지가 그럴싸한 집을 짓도록 설득하는데 성공했다. 빚을 내서라도 집답게 지어야 한다는 의견을 아버지는 거부할 수 없었던 것이다.

빚으로 완성된 집은 겉으로는 그럴듯한 한옥 기와집이었다. 넓고 반듯한 큰 방이 세 칸에 안방에 다락방까지 들였다. 무엇보다 네모반듯한 부엌이 있어서 좋았다. 마당보다 깊숙이 들어가는 모양새지만 (그래서 다락방을 들일 수 있었다.) 반듯하고 넓은 부엌이 있고 이들을 모두 연결해주는 마루가 중앙에 있는 구조였다.

부엌 아궁이에 무쇠솥이 걸리고, 연탄아궁이가 따로 한 개 있었다. 연탄보일러가 방 세 칸에 다 놓였다. 사랑방에는 불을 땔 수 있는 아궁이에 물을 데우는 큰 무쇠솥까지 걸었다. 과수원에서 가지치기한 나무가 충분한 땔감이 될 것이니 연탄 값은 절약할 수 있으리라는 계산도 있었다.

무엇보다 좋았던 것은 온전하게 가족을 위한 공간으로 마련된 집이라는 점이다. 조치원 신흥동의 집은 가게였을 뿐이다. 물건을 사고파는 장소만이 아니라 동네 사랑방처럼 사람들이 새벽이나 밤이나 거리낌 없이 들락거렸다. 이와 달리 새로 지은 집은 마을 끝자락 산비탈에 위치해 동네에서 100미터 이상 비탈길을 올라야 하는 외딴집이었다. 높은 지대의 집에서 내려다보는 동네의 풍경은 평화로웠고, 빙 둘러쳐 있는 산자락은 신비롭기까지 했다. 새 집의 시멘트 냄새는 새 책 냄새만큼 좋기만 했다. 무엇보다 새롭게 시작할 수 있다는 가능성이 무한한 기대감을 품게 했다.

아버지는 십여 가구가 살았던 싯골 동네에 들어오면서 집들이 겸 고사를 지내고 떡을 돌렸다. 동태찌개 잔치는 사흘이 멀다 차려냈고, 막걸리는 집짓기 시작부터 끝내기까지, 아침부터 내내 떨어지지 않았다. 아버지는 이것만으로는 부족하다고 여겼을 것이다. 파란 기와집의 기쁨을 나누기 위해 오일장에 다니며 팔던 김을 집집마다 돌렸다. 당시 백 장 묶음 김을 선물로 받는 것은 언감생심 꿈도 꾸지 못할 일인지라 마을 사람들은 아버지의 정성에 몸 둘 바를 몰라 했다. 마을 사람들의 후한 인심 역시 낯선 외딴집 살림을 풍요롭게 하였으니 아버지 덕분에 우리 가족은 되로 주고 말로 받는 기쁨을 누리며 살았다.

"두부를 만들었는데 먹어보게."

더러는 집에서 기른 콩나물이나 방앗간에서 막 짜낸 들기름 그리고 시장에서 튀겨온 보리쌀 튀밥이 자루째 들어오기도 했다.

"시골에는 이런 게 별미여. 도토리묵인디 묵밥 해서 먹어보게."

고춧가루, 깨소금, 고구마, 콩을 양재기나 밥그릇에 담아서 투박하게 내미는 모습은 가겟집에서 살 때와는 다른 풍경이었다. 겨울 내내 동네사람들 신세를 지며 살았다. 김장은 마을사람들이 나누어준 배추와 무로 이백 포기나 담았으니, 등 따숩고 배부를 일만 남았던 것이다.

아버지가 지은 집에서 나는 두 번 태어났으니.

두 번째 집이 새 출발의 둥우리가 된 셈이다. 고등학생 신분으로 가출을 감행했다가 막다른 벼랑 끝에 선 기분으로 다시 집에 왔지만 여전히 나의 방황은 멈출 수가 없었다. 아버지가 이사를 감행한 덕택에 내 영혼 역시 새로운 집을 지어 안착할 수 있었다. 틈만 나면 들판을 거닐었다. 바람과 가까운 친구는 나무가 아닐까? 사방에 소나무, 상수리나무, 때죽나무, 밤나무, 호두나무, 오동나무 틈새마다 바람이 불고 있었다. 자취생활, 성적하락, 고등학교를 진학하지 못하고 공장으로 버스차장으로 간 친구들. 아, 머릿속이 어지럽다. 하지만 지천에 깔려 있는 들꽃들이 다정하게 웃어주지 않는가? 개망초, 애기똥풀, 억새풀들, 쑥부쟁이…… 이름 모를 잡초들이 토닥토닥 마음을 다독여주었다. 뛰쳐나왔던 고등학교 2학년 교실에 다시 돌아가야 한다는 바람의 속삭임에 나는 고개를 끄덕이고 있었다.

드디어
내 방이 생겼다

열한 명의 가족이 방 세 칸에서 생활해야 했으니 어찌 내 방 타령을 할 수 있겠는가?

산비탈에 세 칸짜리 기와집을 지었지만 내 방을 따로 차지하는 호사를 누릴 여건은 결코 아니었다. 부모님은 부엌이 붙은 안방을 막내와 함께 쓰고 그 옆 윗방을 공부방으로 정하여 공동으로 사용했다. 사랑방은 할머니 방인데 넓어서 대여섯 명까지 잘 만했다. 조치원 집보다 훨씬 넓은 공간이 생긴 듯했지만 막내까지 모두 덩치가 커버렸기에 방은 여전히 비좁고 답답했다. 이런 상황에서 그토록 간절하게 원했던 진짜 내 방이 생겼을 때는 꿈을 꾸는 건가 싶었다.

대학 입시가 오늘날보다 훨씬 좁았던 1978년.

휴학한 고등학생의 신분으로 마냥 자유롭게 보낼 즈음이다. 영어 단어 하나, 수학 문제 하나 풀지 않았지만 전혀 불안하지가 않았다. 수업시간 이외에 공부해본 적이 거의 없었기 때문에 공부를 우습게 여겼고, 마음먹고 하면 잘 될 거라고 태평하게 생각했을 뿐이다. 자취하면서 학비와 생활비를 타내는 일이 부모님께 죄스럽고 미안했었는데, 돈을 쓰지 않고 사는 것만으로도 마음 편하고 좋았다. 한국문학전집과 세계문학전집을 읽는 재미에 빠져 보냈고 가끔 혼자서 들판을 쏘다니기도 했다.

오일장 다니는 부모님이 오실 때까지 할머니와 동생들을 챙기며, 무쇠솥에 불을 때서 밥을 했는데 일부러 쌀을 많이 안쳐서 누룽지를 만들어서 동생들과 '바삭바삭' 씹어 먹는 행복도 맛보았다. 이때는 가끔 보리쌀을 사용하지 않고 쌀밥을 해도 될 만큼 살림의 소비규모가 늘어난 즈음이었다(빚이 눈덩이처럼 늘면서 씀씀이도 커졌다). 무쇠솥에서 막 뜸이 든 쌀밥을 퍼서 먹으면 구수하고 달콤한 맛이 혀끝에서 녹았고, 된장찌개만으로도 특별한 반찬이 필요 없었다. 김장김치는 아무리 아껴 먹어도 한 달을 못 넘기고 떨어져서 겨울마다 아쉬워했다.

"김장김치라도 실컷 먹어봤으면 좋겠다. 그치 언니?"

나는 대전에서 고등학교를 다니면서 우리 집 형편이 얼마나 어려운지 자세히 알게 되었다. 가난을 하소연하며 묵은 김치 먹기가 힘들다고 불평하는 아이들이 부럽기까지 했다. 착하고 불쌍한 동생들에게 맛있는 묵은 김치라도 실컷 먹여주고 싶었다. 단지 그 이유만으로 대학교를 가도 될 것 같다고 마음먹었고, 그래서 일단 복학을 결심했다.

아버지는 집을 지으면서 몇 가지 구상을 했는데 그 하나가 목축이었다. 소를 키워서 수입을 올리고, 거름도 충당하면 과수원 농사와 잘 어울릴 것이라 여긴 것이다. 그래서 집과 맞붙여 축사를 지었는데 중간에 공간이 생겼다. 그 공간에 아궁이를 만들어 여물 솥을 걸려고 하다가, 아궁이에 때는 불이 아까워 부엌 벽과 맞닿은 그 자리에 작은 방을 마련한 것이다.

아버지가 어떻게 내 마음을 알았을까?

나는 어릴 적부터 분에 넘치는 요구를 해본 적이 결코 없다. 아버지가 딸자식이지만 대학까지 가르치겠다는 말을 골백번도 더 했기에 당연하게 상급학교에 진학했을 뿐이지만…… 그마저도 나에게는 늘 과분한 것이었다. 내 방을 직접 요구한 기억은 없지만 간곡하게 원했었기에 나도 모르게 속마음을 들켰을지도 모르겠다. 조치원에 살 때도 창고처럼 쓰는 방에서나마 혼자 책을 읽고, 지내는 것을 좋아했다. 불기가 전혀 들지 않는 방을 여름은 물론 겨울에도 자주 사용했으니 어찌 말을 해야만 알 것인가?

"지붕도 있고, 아궁이도 있으니까 구들만 몇 장 깔고 문만 해달으면 방이 하나 나오겠는걸, 어떠냐? 작지만 니 방으로 해줄까?"

"……아!"

그 작은 공간이 나를 얼마나 행복하게 했던가? 처음으로 입어본 잠바와 내복, 운동화와 책상, 일기장 등. 그 모든 것을 합쳐도 바꿀 수 없는 큰 기쁨이었다. 세상에 태어나서 내가 만난 가장 큰 행운은 학교를 보내줄 수 있는 부모님을 만난 것이고 그 다음 행운을 꼽으라면 나는 주저하지 않고 '나만의 방'을 들 것이다. 진흙 속에서 피어난 연꽃을 보는 순간의 심정이 이만큼 경이로울 수 있을까? "세상이 그대를 속일지라도 슬퍼하거나 노하지 말라. 살다 보면 기쁨의 날이 오리니" 푸시킨의 시를 읊조릴 때 이전에는 "슬퍼하거나 노하지 말라"에 마음을 실었는데 이때부터 "살다보면 기쁨의 날이 오리니"에 울림이 왔다. 미래의 행운을 믿게 만드는 문장이었다.

그 방은 둘이 누우면 꽉 찰 만큼 작은 공간이었지만 춥지 않았고 본채와 멀리 떨어져 있어서 고즈넉했다. 무엇보다 어른들의 잔소리나 동생들의 아웅다웅에서 벗어날 수 있어서 마음이 편안했다. 앉은뱅이책상을 들여놓으니 공간에 딱 맞았다. 그 위에 1단 책꽂이를 놓고 한수산의 『부초』, 김동리의 『무녀도』, 모파상의 『목걸이』 등의 책을 꽂았다. 일기장은 구석 어딘가에 보이지 않게 감추어놓고 틈만 나면 책을 읽거나, 글을 썼다. 은근히 나를 어려워하면서 존경했던 남동생들과 가까워진 것도 그 방에서였다. 나와 바로 밑 남동생 둘이 가끔 그 방에서 함께 음악을 듣기도 했다. 그때 나는 정태춘의 「촛불」 노래를 좋아했는데, 철복이와 형복이는 산울림 노래가 더 좋다며 권하기도 했다. 이 골방에서 「촛불」과 「산울림」을 번갈아 듣다가 우리는 함께 촛불과 산울림을 좋아하게 되었고 셋이 뭉치는 특별한 사이가 되었다.

아버지는 소 먹이는 일을 2년 정도 하다가 그만두었다. 우리 집에는 복숭아나 채소 같은 식물은 잘되는데 짐승들은 잘된 적이 한 번도 없었다. 병아리를 키워도 끝까지 살아남은 것은 한두 마리 정도였다. 알에서 깨어나면서 죽기도 하고, 중병아리가 되어 죽기도 하고, 솔개에게 잡아먹히기도 하고, 간신히 키워놓으면 생뚱맞게 닭서리를 맞기도 했다. 소는 밑천도 많이 들었고, 기르기가 쉽지 않았다. 새끼 밴 암소를 사다 길렀는데 새끼를 낳다가 죽은 경우가 있었고, 새끼하고 어미가 한꺼번에 죽기도 했다. 정성껏 키워서 팔 때쯤 되었는데 소 값이 폭락하여 송아지 값조차 건지지 못한 경우도 있었다. 아버지는 소를 기르다가 고생은 고생대로 하고, 손해만 보게 되자 결국 포기할 수밖에 없었다. 어렸을 때 빈농의 아들로서 소 있는 친구를 부러워했던 아버지는 끝내 소와 친해지지 못했다.

김장하는 날,
동태찌개가 먹고 싶은 이유

김장이 끝나면 겉절이를 무치고, 동태찌개를 끓여 먹었다. 겉절이는 벌건 고춧가루 범벅에 새우젓이 넉넉히 들어가 짠내가 났고 씹으면 배춧물이 즙처럼 배어나와 양념과 겉돌았다. 아직 양념 맛이 덜 배어든 생배추의 식감과, 고춧가루, 마늘, 파, 갓, 생강, 새우젓이 살아 톡톡 튀는 맛이다. 김치에 들어가는 저마다의 재료가 숙성되지 않아 겉도는 이 맛을 김장하는 날만 맛볼 수 있기에 특히 아버지가 좋아하셨다. 무를 많이 썰어 넣고 오징어와 함께 큰 솥 가득 팔팔 끓여낸 동태찌개도 아버지가 즐기는 음식이다. 술안주 삼아 오징어를 먼저 꺼내 초고추장과 함께 곁들였던 기억이 매콤하고 풍요롭다. 김장하는 날 돼지고기 수육을 만들어 먹는 풍습은 불과 십여 년 안팎일 뿐이다.

조치원 신흥동 시절 김장을 할 때는 일 킬로 거리의 큰샘까지 씻으러 가야 했다. 큰샘은 이름처럼 거대하지 않고 열 명이 앉기에도 비좁을 만큼 둥글어서 새벽에 가야 좋은 자리를 차지할 수 있었다. 펌프나, 우물이 있는 집에서도 물을 푸기가 어려워 빨랫감이 많으면 큰샘을 이용하곤 했다. 논으로 둘러싸인 큰샘은 깔끔하고 부지런한 주부에게 새벽 빨래터로 애용되었다. 물이 깨끗하여 흰 빨래가 퍼렇게 빛이 난다고 했다. 펌프질이나 두레박을 사용하지 않으니 편하고 맘껏 물을 쓸 수 있으니 좋다는 것이다. 빨래가 노동이라기보다 여가처럼 여겨지는 것을 그곳에서 처음 보았다. 기저귀 빨래는 눈총을 받기 때문에 몰래 해야 했고, 주로 이불 빨래를 그곳에서 많이 했다.

김장철에는 새벽부터 줄을 서서 기다려야 차례가 온다. 평소에는 빨래터처럼 사용되는 곳인데 김장철에 빨래는 핀잔을 들을 정도로 금기사항이다. 우선 샘바닥에 자리가 나면 절인 배추를 담은 다라를 리어카에서 내려놓는다. 다라와 광주리를 샘바닥으로 날라놓고 물을 길어 다라에 담으면서 씻어야 한다. 큰샘물은 차갑지도 않고, 물이 펑펑 솟아나서 그렇게 많이 퍼서 써도

151

좀체 줄어들지 않는다. 새벽 찬바람 속에서 고무장갑도 없이 씻는데, 처음에 뜬 물은 미지근하지만 배추를 씻다 보면 손이 곱아서 펴지지 않고 뻣뻣하게 감각이 없어진다. 처음 씻는 것을 '아수 씻는다'고 했다. 소금에 절인 배추에 물을 부어서 건져내는 것인데 흙만 대충 떨어서 절인 것이라 물이 흉하게 시커멓다. 시커먼 물을 대충 뺀 다음에는 구석구석 문질러서 배추의 겉대를 말끔히 씻어낸다. 이 과정에서 시간이 많이 걸리는데 절인 배추 포기의 머리 부분을 잡고 손을 넣어 줄기마디를 뽀드득 소리가 나도록 때를 밀듯이 닦는다. 줄기 부분에 숨은 때 처리가 끝나면 반대로 뒤집어서 반복한 후, 배추포기 전체를 자연스럽게 물에 흔들어준다. 이때 푹 절여 있어야 씻기가 수월하다. 제대로 절여 있지 않으면 아예 씻다말고 한옆으로 치워 다시 절였다가 씻는다.

아수 씻기와 초벌 씻기가 끝나면 헹굼에 들어가는데 몇 번을 헹궈야 하는지 정하기가 힘들다. 초벌 씻기를 꼼꼼히 하면, 한 번만 헹궈도 더 이상 물이 더럽혀지지 않는다. 그래도 계속 헹군다. 특별히 때를 씻어주기보다는 어쩌다 남아 있는 티껍지를 걸러내는 과정이지만 정성을 들이느라 힘든 줄도 모른다. 세 번 헹구면 보통이고, 네 번 헹구면 깔끔형이고, 다섯 번 이상을 헹구면 욕을 보따리로 먹는다. 기다리는 사람이 있고, 샘물도 한정이 있기 때문이다.

아침에 한바탕 김장배추를 씻고 나면 물이 쑥 내려가 줄어든 게 한눈에 보인다. 물을 쉽게 푸기 힘들 정도로 빠져버리면 배추 씻기는 더 이상 할 수가 없다. 서로 사정을 알기 때문에 물을 아껴 써야 한다. 기다리는 사람들은 일찍 끝날 자리에서 기다리며 일부러 몇 번째냐고 묻기도 한다. 세 번을 넘기면 안 된다는 암묵적 룰이 있기 때문에 간혹 횟수를 속이는 사람도 있다. 춥고 떨리고 배고픈 마당에 한번이라도 더 헹구겠다고 거짓말까지 하는 이웃들의 그 억척스러움을 어떻게 표현할 수 있을까? 그럴 때마다 아버지는 경우 없는 사람들이라고 분노를 터뜨렸고, 엄마는 인지상정으로 이해해주곤 했다.

절이고 씻는 작업이 끝나면 나머지는 수월하다. 동네 아줌마들이 모여서 편안하게 속을 버무리는 작업에 들어간다. 무채 썰고, 갓, 파를 썰어 젓갈에 고춧가루를 풀어 갠 물에 버무려 속을 만드는 것도 뚝딱이니, 한두 시간이면 끝난다. 주인은 밥하고 찌개 끓여서 차려내면 된다. 동네 김장을 할 때 서로 날을 다르게 잡아야 품앗이가 수월해서 하루에 한두 집씩 돌아가며 했던 것 같다. 서로 품앗이를 하지만 살림이 넉넉지 않으면 이것도 못한다. 품앗이 해주는 사람들 한 끼를 먹이려면 그 집 식구 모두를 책임지는 게 보통이다. 애들은 집으로 불러서 먹이면 되지만 어른이나 남편이 집에 있으면 아예 상을 차려 내가야 한다. 밥을 사발에 푸고, 동태찌개를 큰 대접에 담고 겉절이를 넉넉히 챙긴다.

우리 집 앞 샘집(마당에 깊이 판 두레박 샘이 있다.)은 예닐곱 세입자가 있었는데 칠십이 넘은 돗자리장수 할아버지가 혼자 살았다. 동네 아줌마들은 먹을 만한 음식이 있으면 할아버지를 꼭 챙겨드렸는데, 홀아비가 너무 깔끔하다고 등허리 저쪽에서 입방아를 찧곤 했다.

이렇게 요란하게 김장을 했지만 막상 먹을 것은 넉넉지 않았다. 조치원 가겟방을 할 때는 배추부터 고춧가루, 마늘 모든 양념이 금쪽같이 귀해서 배추를 다듬을 때부터 겉껍질 하나도 버리지 않고 절였다. 노란 고갱이보다 퍼런 푸성귀가 맛있다는 말을 지겹도록 많이 들었지만 당시는 그 말을 믿을 수 없었다.

신흥동 집은 장독대가 있었지만 항아리를 묻을 공간이 없었다. 겨울이 지금보다 훨씬 춥던 시절 항아리에 김치를 담아놓으면 얼어서 터졌다. 얼지 않게 하려면 가마니로 싸고 새끼줄로 둥둥 감아놓고 소금을 많이 넣어야 했다. 그래서 김치가 짰다. 김치라는 말도 학교에서만 사용했지 보통 짠지라고 했다. 부자들 몇몇을 제외하면, 동네사람들은 김장을 땅에 묻을 만큼 여유롭지 않았다. 우리 집 김장 역시 시큼해지기 전에 동이 나곤 했다. 배추김치가 먼저 떨어졌고 싱건지도, 깍두기도 일찍 떨어졌다. 늘 밥상에 익숙한 것은 맛없는 동치미밖에 없었다.

가마니공장 사장집에 세 들어 살던 영복이네는 김장을 따로 하지 않았지만 신김치를 실컷 먹었다. 설이 지나면 주인집 땅에 묻은 김치도 신내가 나는데 영복이네에게 모두 가져가게 하기 때문이다. 그 신김치를 우리도 얻어먹는 것이다. 너무 맛있어서 우리는 그 신김치를 국물까지 쪽쪽 빨아먹었다. 신 김치를 먹지 않는다는 사장님네가 다른 나라 사람들 같이 여겨졌다. 우리 집에서는 김치가 귀해서 김치찌개를 해먹는다는 것은 상상도 할 수 없었다.

종촌 과수원집으로 이사를 한 후 아버지는 큰 김칫독을 다섯 개나 땅에 묻었다. 배추김치 두 개, 싱건지 한 개, 알타리 김치 한 개, 동치미 한 개 그 많은 김치가 설날 전에 동이 났지만 덕분에 김치찌개도 끓여먹고, 김치볶음밥도 해 먹을 수 있었다. 아버지는 김칫독을 묻고 난 후 지붕을 입혔다. 볏짚으로 덕석을 만들어 붙여서 그 안에 들어가면 포근하다.

김치를 가지러 뒤꼍 장광에 가면 바람이 휘몰아친다. 눈이 하얗게 내린 날, 숫눈을 밟으며 김치를 꺼내러 갈 때면 온몸이 한겨울 서정성으로 몸부림친다. 내 모습은 내복에 위아래 두꺼운 옷을 입고도 엄마 몸뻬 바지에 누비잠바를 걸친 시골 아낙네 차림이다. 하지만 저 산 너머 멋진 세상이 나를 기다리고 있을 것만 같은 소녀감성이 살아나는 순간이다. 시린 손을 호호 불어대며 김치를 담아 들고 부엌으로 들어가다 아쉬움으로 뒤꼍 하얀 세상을 다시 돌아본다. 아, 내가 지나간 자리마다 이미 숫눈이 아니다. 내가 신은 할머니 털신 발자국이 괜히 미안해진다.

하얀 눈 위에 구두 발자국
바둑이와 같이 간 구두 발자국
누가 누가 새벽길 떠나 갔나
외로운 산길에 구두 발자국

고무줄노래를 떠올릴 때마다 진한 그리움이 겹쳐지는 건 '외로운 산길'이란 문장 때문일 것이다. 나도 언젠가는 새벽길을 떠나고 싶었고, 눈이 바꾸어놓은 세상 풍경처럼, 나를 바꿀 수 있을 거라고 예감했기에 그 노래를 좋아했었다.

처음에는 100포기 정도의 김장이 200포기 300포기 늘어나는 만큼 신바람이 났지만 이제 부모님 연세가 김장을 버겁게 만들었다. 일주일 동안 다듬어 절여서 씻어놓은 배추를 김장하는 날 하루만 와서 가져가면 좋겠지만 그것조차 불가능했다. 서울, 부산, 대구, 광주 뿔뿔이 흩어진 자식들은 그 하루의 짬을 내기가 힘들다. 김장은 이제 버거운 노동일 뿐이다. 양을 줄이자고 해도 아버지가 극구 우기고 엄마도 아쉬워하신다.

"배추도 지천이고, 양념도 흔하고, 흐르는 물에 씻기도 편하고 이 너른 곳에 맘껏 늘어놓고 하는 김장이 뭐가 힘들다는 거냐. 글구 힘들지 않은 일이 있기나 하구? 김장도 일 년 양식인데 이왕 하는 김에 조금 더해서 나눠먹어야지. 니네 아무도 안 오면 엄마랑 둘이 할 테니까 잔소리는 하지 마라."

이런저런 궁리 끝에 해마다 김장을 줄이는 것보다 아예 하지 않는 것이 더 쉽다는 생각을 했다. 그래서 간신히 부모님을 설득하여 우리 집에서 내가 직접 김장을 시도했다. 처음에는 아파트에서 어떻게 김장을 하냐고 우려하셨던 부모님이 지금은 흐뭇해하신다. 내가 부모님께 드리는 건 배추김치 한 통, 백김치 한 통뿐이지만 수백 포기 김장의 부담을 줄여드린 공치사까지 아끼지 않으시는 것이다. 이제 형제들 모두 스스로 김장을 해결했고 한두 통 보내드리기까지 한다. 하지만 너무 늦었는지도 모른다. 아버지는 잇몸이 망가져서 좋아하던 알타리무도 씹지 못하시고 조금만 매워도 입에서 불이 난다고 불편해하신다.

무너진
복숭아 리어카

하얀 난닝구에 때에 전 수건을 목에 걸고 리어카를 끌었던 아버지는 힘이 세고 발이 빨랐다. 리어카에 어른 키 높이만큼 쌓았던 복숭아 상자들이 아버지를 향해 와르르 쏟아질 것처럼 위태로웠기 때문에 나는 조마조마한 심정으로 지켜볼 수밖에 없었다. 아버지를 따라 종촌에서 조치원(지금의 세종시)까지 복숭아 상자가 쏟아지지 않게 보호하는 역할을 자처했던 날 이야기다.

원래 이 일은 복숭아 철마다 아버지 혼자 감당하거나 남동생 둘을 대동했던 일이다. 아들 둘이서 양쪽에 한 명씩 균형이 맞아서 도움이 된다고 흐뭇해하던 아버지 표정 때문에 나는 남동생을 얼마나 시샘했는지 모른다. 때마침 남동생들이 집에 없었기에 아버지의 만류에도 아랑곳없이 나는 떼를 쓰다시피 따라갔다. 리어카에 복숭아를 싣고 이십 킬로를 달리려면 새벽에 길을 나와야 한다. 도로를 달리다가 연기나 월하리마을에서 소매하는 시간을 벌어야 한다. 상회에서 받지 않는 물렁이 복숭아나 흠복숭아 꾸러미까지 짐을 가득 싣는다.

시작은 즐거웠으니, 평지나 약한 내리막길은 힘 안 들이고 손만 얹어놓고 걸으면 되어 룰루랄라 콧노래가 절로 나왔다. 하지만 시간은 만만하게 흘러가지 않았다. 아버지가 그 무거운 리어카를 끌고 뛰다시피 달리는 바람에, 나는 따라가기만 해도 숨이 헉헉거렸다. 복숭아 상자를 묶은 끈은 가늘었지만 보기보다 꽤 견고했다. 복숭아 상자에 가려 아버지의 모습은 보이지 않았지만 리드미컬하게 움직이는 숨소리가 미더워지면서 나는 아버지와 겨우 보조를 맞추게 되었다. 생사를 좌우할 만큼은 아니라 해도 고혈을 쥐어짜는 체력소모와 온몸이 땀으로 뒤범벅된 상황인지라 혹시라도 아는 사람이 마주칠까 하는 사치스러운 부끄러움도 사라졌다. 나는 리어카를 따라 걷기만 하는데도 땀으로 목욕한 사람처럼 흠뻑 젖었지만 무거운 짐을 끌고 있는 아버지를 생각하니 차마 힘들다는 말을 못했다. 더 이상 못 걸을 것 같다는 생각조차 헉헉대는 숨소리에 사라지면서, 세상에 태어나서 가장 먼 길을 걸었지만 한걸음처럼 내달렸다. 그렇게 아버지와 리어카와 내가 하나가 되는 순간, 잠시 편안했다. 그렇게 시간이 흐를수록 출발할 때의 긴장감이 줄어들면서 태평한 기분으로 걷게 된 것이다. 흘러내리는 땀이 오히려 시원하게 느껴지기도 했다.

내리막길이 짧으면 뒤에 올라타서 앞뒤 균형을 맞추기도 했다. 조마조마하면서도 재미있어서 몸의 휴식을 느끼는 순간이다. 휴우 한숨을 돌리면서 짧은 희열을 맛보는 찰나 길게 이어지는 연기고개는 낭떠러지처럼 까마득해서 본능적인 두려움이 파닥거리기도 했다. 애써 태연하려 했지만 아버지의 목소리는 다급했다.

"뒤에서 눌러줘야 안 넘어진다구!"

사태가 심각한 만큼 젖 먹던 힘까지 끌어모아 리어카가 뒤집어지지 않도록 뒤에 올라탔다. 앞에서 끄는 아버지는 속도를 늦추기 위해 리어카에 뒷발질로 기다시피 최대한 몸을 낮추며 무게를 잡으려 애쓰는 중이다. 나는 올라탄 몸을 바닥에 끓리어 뒷걸음 몸짓으로 굽혔다. 하지만 갑자기 가속도가 붙은 리어카를 감당하지 못하면서 아버지의 몸이 아주 잠깐 흔들림을 느꼈던 것 같다. 그 순간 부둥켜안다시피 했지만 힘을 싣지 못한 아버지의 몸과 따로 놀면서 기어코 리어카를 놓치고 말았다. 나 역시 복숭아 상자들을 보호하며 필사적으로 균형추로 삼으려 뒹굴었지만 허사였다. 그나마 내리막길 막바지였던 게 다행이었다.

내가 가장 마음 졸였던 것은 아버지의 몸이 부러져 크게 다칠 것 같아서였다. 아무리 속도를 늦추어도 앞으로 쏠리는 무게감이 크고, 뒤에서 조절하는 힘이 터무니없이 미약하여 곤두박질을 막을 길이 없었으니 내 약한 몸무게 때문에 아버지가 다치면 어쩌나 겁이 났던 것이다. 나는 필사적으로 몸을 움직이면 내리막길을 무사히 갈 수도 있다고 생각했지만 아버지는 이미 알고 있었던 것일까?

아버지는 손잡이를 놓쳐 리어카와 뒹굴었지만 별일 아니라는 듯 털고 일어섰다. 상자를 묶은 끈이 흩어져서 바닥에 복숭아가 나뒹굴었다. 리어카와 부녀가 동시다발로 나자빠지면서 도로에 복숭아가 지천으로 데굴데굴 나뒹굴었다. 부녀는 몸의 상처는 뒷전이고 바닥에 팽개쳐진 복숭아만 맥없이 쳐다보았다. 아버지는 당황하지 않고 몸을 툭툭 털더니 심하게 뭉개진 복숭아만 골라서 주웠다.

"최고로 좋은 복숭아가 심하게 뭉개졌네. 원님 덕에 나팔 분다고, 에라, 우리가 먹자."

"복숭아 먼저 담아야지유. 아버지."

"일단 먹고 힘을 내자. 여기까지 오면 딱 반이다. 이제 다 온

거여. 시작이 반이고, 여기까지가 반이니께 거진 다 온 거지. 대
충 보니께 물러터진 거랑, 으깨진 거 대여섯 상자 되는데, 팔아
먹기 힘든 깨진 복숭아는 우리가 먹고 나머지는 소매로 복구해
야겠다."

아버지는 매사에 그런 식이었다. 복숭아가 산지사방으로 흩
어졌을 때 주워담기보다 먹는 걸 우선시하는 낙천적 체질이시
다. 아무튼 나도 도저히 손으로 잡을 수 없을 만큼 터진 복숭아
까지 한입이라도 베어 물었으니 그 먼 길 30리 길을 달려온 복숭
아에 대한 예의를 우리는 그렇게 지켜야 했다. 복숭아로 배를 채
우고 나니까 고개를 들어도 부끄러울 것이 없는 것 같았다. 그리
고 반도 넘게 으깨 터진 복숭아까지 주워담았다.

"이 복숭아 하나에 사람 손길이 몇 번이나 가는지 알아야 혀."

"따서, 담아서, 종류별로 선별해서 이렇게 리어카로 날라서
파는 거지유."

"그게 전부가 아녀. 꽃 피기 전에 가지치기를 하잖어. 가지치
기가 끝나면 소독을 세 번 해야지. 꽃눈 맺힐 때부터 황소독으로
시작해서 봄에 환하게 꽃이 피면 바로 솎아주는 거여. 꽃을 따는
게 쉬우니까 열매 맺기 전에 따는 거지만 꽃이 지고 열매를 맺은
후 세 번 또 솎아주지. 한 가지에 한 개만 남기라는데 나는 그건
못하겠드라. 아깝다고 두 개 이상 남겨두면 나뭇가지가 무게를

감당하지 못해서 찢어져 끝까지 크지 못하고 죽어버리는데도 아까운 거여. 나중에 두세 개가 딱 붙어 있으면 할 수 없이 한 개만 남기게 되지. 솎아주기 끝날 때까지만 소독을 세 번 해야 혀. 여기까지만 열매 하나에 열 번 이상 손이 가는 거지. 떨어진 복숭아 하나라도 내겐 자식같이 아깝고 소중한 거여."

그러니까 복숭아를 버리지 않고, 하나라도 먹어주는 것이 동고동락에 대한 예의인 것이다. 아버지가 복숭아를 아까워하는 마음이 장삿속 이해타산만은 아님을 알 것 같았다. 찔러도 피 한 방울 안 나올 듯 단단한 어깨를 가진 아버지의 뒷모습이 가냘프게 떨리고 있었다.

그리고 우리들은 언제 복숭아 상자를 엎었냐는 듯 또 리어카를 움직이는 것이다. 걷기에도 힘든 50리 길을, 다시 복숭아 상자가 차곡차곡 쌓인 리어카를, 그렇게 끌고 밀고 가는 것이다. 아버지는 이틀에 한 번 가는 길이지만, 보는 사람들마다 기함을 토하며 놀란다.

"어디까지 가슈?"

"조치원유."

"어디서 왔는디 예서 조치원까지 간다는 거유?"

"종촌에서 오는 길입니다."

"이 리어카를 끌고 50리를 간단 말이유? 젊은 양반, 장하구려.

아버지 도와주러 왔구나. 기특도 하지.”

"살림밑천 맏딸여유. 오지 말래두 이렇게 따라오네유. 뭐혀. 어르신께 인사드려야지.”

우리를 보는 사람들은 한마디씩 꼭 말을 걸었다. 사람을 만날 때마다 아버지는 넘어졌던 흔적을 훌훌 털어낸 채 물렁이 복숭아를 하나 꺼낸다.

"드셔유. 밭에서 직접 익은 거라 기가 막히게 맛이 좋아유.

"이렇게 귀한 걸 그냥 얻어먹을 수 있나? 이거 경우가 아닌디.”

"걱정 마시고 하나 더 드셔유. 근디, 이 동네사람들은 복숭아 안 사 먹나요?”

"이렇게 맛있는 복숭아를 왜 안 사먹겠나? 젊은이, 내가 복숭아 먹은 값은 해야지. 기다려보게, 동네사람들 불러올 테니.”

그 동네사람들이 우르르 몰려오면 아버지는 일단 물렁이 복숭아를 좌악 돌린다. 상자에서 꺼낸 단 한 개의 복숭아가 생산자의 손에서 소비자의 손으로 옮겨갈 때 마음이 두근두근하다. 우리 복숭아를 반기면서 칼로 깎아 먹기도 하고, 가마니나 짚에 스윽 문질러서 꽉 깨물어 먹는 모습을 보면 아버지처럼 내 마음도 흐뭇하다. 일단 공짜로 먹은 것이니 공치사 또한 대단하다. 없는 맛도 만들어야 할 분위기이다.

"조치원 상회에 가져가면 없어서 못 팔어유. 박병염 복숭아라면 서로 사겠다고 덤비는 사람이 줄을 서유. 그런데 여기서 팔고가면 가는 길이 덜 힘드니께 그게 좋은 거구. 농촌에서 힘든 일하시는 분들이 맛있는 복숭아 드시고 힘내셔야 또 우리나라가좋은 나라 되는 것 아니겠습니까? 아하하하."

호탕한 웃음소리와 함께 복숭아는 쑥쑥 줄어든다. 물렁이 복숭아가 맛있다고 하면서 팔다 보니 너도 나도 물렁이 복숭아를찾는 바람에 없어서 못 파는 상황이 된다. 돈이 없다는 사람에게는 아무거나 가져오라고 한다. 감자, 마늘, 보리쌀, 콩, 수수, 배추, 열무, 가지, 고추, 묵은깨, 고춧가루 종류도 많다. 아버지는 물건으로 받으면, 무겁고 거추장스러워서 힘들다고 하면서도 연신 파는 것이다. 하지만 엄마와 셈을 맞출 때는 돈보다 물건으로 받아야 몇 배가 이익이라고 좋아했다.

그렇게 물렁이 복숭아를 처분한 후에 아버지는 또 말이 달라진다. 누가 물렁이 복숭아를 찾기라도 하면, 값이 좀 비싸지만오래도록 맛있게 먹는 복숭아가 진짜 맛이라며 단단한 복숭아를 사게 만든다. 그래서일까? 물건을 파는 아버지의 상술을 비판한 적도 많았지만, 순식간에 복숭아를 팔아치우는 상황에서는 기꺼이 공범자가 되는 나를 발견했다. 흠이 있는 복숭아는한 시간만 지나도 폐기 대상이 된다는 다급한 심정이 작용한 탓

166

이다. 그때가 중학교 1학년, 열네 살이니 연둣빛 애기복숭아 시절이다.

 그렇게 직거래로 싸구려 물건을 처리하고 부수입을 챙기면서 한 고개 한 고개를 넘다 보면 20킬로 50리를 네 시간 걸려 조치원에 당도한다. 힘들게 왔지만 정작 목적지인 상회에 들어서는 순간 아버지의 호탕한 목소리는 기어들어갈 수밖에 없다. 조치원 곳곳에서 달려온 싱싱한 복숭아들이 지천으로 깔려 있으니 아버지의 자리는 구석 저만치로 밀리는 것이다. 조치원역전 수십 개 상회가 문을 열고 생산자를 기다리는 풍경이 장관이다. 아버지가 거래하는 상회에 들어서는 순간 복숭아를 진열하는 사람들이 우르르 달려들어 물건을 나른다. 정작 생산자는 떡이나 먹고 구경만 해야 한다. 복숭아의 크기와 빛깔, 모양으로 순위를 매겨서 복숭아를 배치하는데 우리 복숭아는 중간축에도 들기가 어렵다. 아버지는 상회에 들어온 복숭아를 한 바퀴 돌며 일별한다. 아버지의 복숭아가 공정한 대접을 받고 있는지 점검하는 것이다.

 "복숭아 때깔이 죽이네유!"

 "박 씨네 복숭아는 맛은 좋은디 때깔이 안 나서 상인들에게 좋은 가격 받기가 힘들어. 그래도 먹는 사람들은 가격 헐하고 맛 좋은 복숭아를 찾으니께 잘될겨. 기다려봐."

아버지의 복숭아가 최고인 줄 믿었던 나에게는 실망감이 쏟아지는 순간이었다. 자식들도 아버지에게 그런 존재가 아니었을까? 아버지의 자식이기 때문에 늘 최고로 귀하게 대접했을 뿐일 텐데…… 아버지에게 설득되어 귀한 존재라는 자기암시를 멈추지 않을 수 없었던 건지도 모르겠다.

복숭아꽃이
활짝 피었습니다

여름방학 마지막 1주일 전쯤 복숭아 작업이 마무리되었기 때문에 이제야 조금 여유롭다. 복숭아 특유의 껄끄러운 털과 노동에서 해방되어 마냥 좋아했지만, 부모님은 작업이 끝났음을 아쉬워할 뿐이다.

"방학인데 숙제도 못하고 맨날 이게 뭐야. 에휴, 지겨워. 복숭아는 언제 끝나나."

일에 쫓기다 보면 이런 말이 하루에도 수십 번씩 터져 나온다

"지겹거나 힘들거나 복숭아만 이만큼씩 매일 나오면 춤이라도 추겠다."

아버지 입에서 이런 말이 당연하게 흘러나올 때, 나는 어른이 된다는 것이 무서웠다.

초여름 복숭아 작업은 일꾼 없이 가족끼리만 했다. 양도 적고 값도 헐해서 품삯이나마 아껴야 했다. 날씨도 덜 덥고 점심 전에 일이 끝나서 수월하지만 왠지 허전하다. 복숭아가 맛이 없고 똥값으로 팔아야 했기 때문일 것이다. 같은 복숭아라도 햇빛을 많이 받은 부분과 적게 받은 부분의 맛이 또 달랐다. 아버지는 복숭아를 천금처럼 귀하게 대했다. 복숭아는 과육이 무르고 약해서 간결하고 정확한 손길로 선별 포장해야 한다.

빛깔이 가장 곱고 예쁜 복숭아 긴구는 맛이 없어도 모양새 때문에 그런대로 몸값이 좋았다. 창방이나 덴지르 등 조생종 복숭아가 귀하기 때문이다. 조생종 복숭아는 설익은 맛이 나지만 그래도 반기는 소비자가 있다. 게다가 초여름 장마철 복숭아는 무르거나 썩은 경우가 많은데 긴구는 과육이 단단해서 때깔이 여간 유혹적이 아니다. 볼 때는 흐뭇한데 한입 베어 물면 과즙이 맹맹하여 실망스럽고 게다가 과육까지 질기다. 화려한 빛깔과 탐스런 몸체에 속은 기분이 드는 허당의 맛이다.
어른들은 복숭아를 따거나 나르는 일을 하고, 우리 형제들은 선별이나 포장 작업을 했다.

"이렇게 예쁜 복숭아가 맛은 꽝이라니. 세상은 참 불공평해."

희연이가 예쁜 얼굴을 갸웃거리며 탄식하면 뻐꾸기가 뻐꾹뻐
꾹 추임새를 넣는다.

"언니, 예쁘고 고운 복숭아가 맛까지 좋으면 그게 불공평한
거잖아."

미연이가 진지하게 말을 보태며 복숭아에 딸려온 이파리 하
나를 애기똥풀 옆으로 치워놓는다.

"미연이 말이 맞는 말이여. 긴구 복숭아는 때깔 맛으로 먹는
셈이니 말여."

아버지는 그렇게 팔남매를 선두지휘하며 하루 노동량을 조절
한다. 아버지는 존경받는 스승님처럼 솔선수범하며, 군대 지휘
관처럼 카리스마가 넘쳤고, 능력 있는 사장님처럼 우리를 잘 부
려먹었다. 그리고 막판에는 새참으로 물렁이 복숭아를 포식하
게 했다. 복숭아 작업은 어떤 이유가 있어도 정해진 시간을 미룰
수 없다. 복숭아가 물러지면 반값도 받기 어려우니 아무리 힘들
어도 마무리를 강행해야 한다.

오뉴월 땡볕에서 복숭아 작업에 시달리는 우리 가족은 저마
다 고달프고 처량한 내면을 지니고 있었다. 웬만큼 살 만한 집
은, 일이 고된 복숭아 과수원을 절대로 하지 않았다. 복숭아는

묘목 이식 이삼 년 후부터 수확했으며 여름 한철에 와르르 쏟아져 나왔으니 물량은 많은데 저장이 어려워서 하루 이틀 사이에 가격이 폭락한다. 자칫 고생은 고생대로 하고, 생산비도 건지기 어려운 것이다. 이런 상황을 일이 년 겪다 보면 복숭아 과수원은 애물단지가 된다. 아버지는 이런 과수원을 임대하여 과일장사를 한 것이다. 여름철 가족의 노동력을 밑천 삼아 복숭아 과수원을 서너 개 맡아 복숭아 사장님 행세를 해야 사채라도 끌어 쓸 모양새가 만들어지는 것이다.

불볕더위가 연일 최고치의 기록을 갱신할 즈음 여름휴가를 맞이하여 해수욕장을 떠나는 시기가 복숭아 작업의 절정기이다. 장마가 훼방을 놓지 않으면, 일주일가량 하늘 높은 줄 모르게 날마다 가격이 치솟는다. 복숭아 과수원은 장마를 전후한 한여름, 땡볕을 빨아들이며 농익은 과일의 열기로 몸이 달아서, 사우나탕처럼 후끈후끈하다. 그곳에 들어가면 온몸이 가렵고 얼굴이 따끔거리는 것은 특히 복숭아털 때문이다. 아무리 더워도 수건으로 땀을 닦을 수 없다. 긴팔 긴바지를 작업복으로 착용하지 않으면 근지러워서 견딜 수가 없다. 땀이 계속 흐르면 어느 순간 사우나 열기에 몸을 맡긴 뒤처럼 시원함이 있다. 그렇게 더위를 견뎌야 한다. 바람 한 점이 스쳐 지나가면 그 달콤함이 눈물겨운 유혹이 되니 차라리 그렇게 찜통더위를 견디는 것이 수월하다. 한낮의 더위가 물러가면 숨쉬기가 쉬워지나, 고된 노동의 여파가 밀려와 밤이 되어도 책을 보기는 힘들다.

아버지는 최근 서울 청과물시장에 판로를 개척하시면서 새벽시장을 보고 귀가했다. 아버지가 안 계시면 밥을 하지 않고 복숭아로 저녁을 때웠는데 물렁이 복숭아는 아무리 먹어도 질리지 않는다. 지금은 흔해 터졌지만 여름이 가면 복숭아도 사라질 것이기에 하나라도 더 먹으려 억지를 부린다. 이때 누구 씨가 더 큰가 복숭아씨 내기를 하면 다시 달려들어서 먹기에 몰입한다. 어두워지기 전에 먹을 만한 복숭아는 모두 처분했다. 아침이 되면 남은 복숭아에 새까맣게 하루살이가 꼬이고 냄새가 나기 때문에 마당에는 아무것도 없어야 한다. 동네사람들은 물론이고, 각별하게 지내는 아랫집에 줄 복숭아도 일부러 챙겨야 한다. 내기를 핑계 삼아 뒷설거지를 하며 아버지 대신 동생들을 지휘해서 하루를 마무리하는 것은 내 몫이다. 마당에서 철푸덕 주저앉아 하늘을 보면 별이 우수수 쏟아질 것처럼 가깝다.

하얀색 미농지 속에서 화려한 자태를 뽐내는 복숭아 '긴구'가 지금은 품종개량으로 사라졌다. 고급화된 소비자의 입맛은 '때깔과 맛' 두 마리의 토끼를 요구하기 때문이다. '국광, 홍옥, 세계일'의 다양한 사과 품종이 90프로 가까이 부사(후지)로 단일화되었지만 복숭아 품종은 백도와 황도 그리고 천도복숭아까지 조

생종과 만생종으로 토질에 맞추어 계속 바뀌고 있다. 사과나무
는 수명이 30여 년인데 복숭아나무는 10여 년으로 짧기 때문에
소비자의 입맛에 맞추어 다양한 시도가 상대적으로 수월한 것
이다. 신선의 과일로 알려진 불로장생의 의미는 복숭아의 맛과
영양분으로 한정해서 이해해야 한다.

과수원을
통째로 사다

아버지는 송담리 밭을 맡을 때마다 곤란한 표정을 짓는다.

"올해는 일도 많고 과수원 맡아달라는 사람들이 많아서유."

"누가 모르나? 박 씨한테 과수원 맡겨놓으면 농사 제대로 짓지. 맛 좋다고 좋은 소문 만들지. 가끔 와서 맘 놓고 먹고 가져가도 눈치 안 주지. 또, 박 씨랑 가끔 술도 하고, 내가 이 재미로 박 씨한테 주려는 거여. 잘 알면서 왜 두 번 말하게 하는가?"

"잘 알지만서두유, 사장님이야 뭐 이런 과수원 하나 귀찮게 달라붙은 자식인 셈이지만 지는 팔남매 먹여 살릴 사업체니께 밑지는 장사를 할 수는 없지유."

"내 말이 그 말이여. 박 씨야 여기저기 왔다 갔다 하면서 과수일을 하니까 여기서 남고 저기서 채우고 하면 되지만 이 작은 과수원 하나 달랑 맡아서 농사 지어 팔아먹자면 밑천도 못 건지니. 어쩌나, 박 씨가 맡아주는 게 경우여. 그리구 솔직히 말해서 손해 볼 건 없잖어. 맛이야 우리 복숭아 따라올 만한 게 없구."

"요새 사람들은 맛보다 때깔이나 크기를 워낙 따져싸서…… 그러니께 작년 조건대로 맡으라는 거지유."

"물가야 계속 오르지만 우리 사이에 그런 거 따질 수도 없고. 그러지 뭐. 박 씨만 믿네."

"할 수 없지유. 사장님과 하루 이틀 사이도 아니고…… 그런데 소출이 해마다 줄어드는 건 아셔야 합니다."

"오래된 나무라 그렇지. 뭐. 다 알어. 내가 이 과수원을 30년째 한 사람이야. 이 사람아! 빈터에 옥수수나 고구마라도 심어봐. 해마다 소출 줄어드는 적자는 보충될 걸세."

송담리 과수원 주인과는 사장님, 박 씨 했다가, 형님, 아우 했다가 사이도 좋고 배포도 잘 맞는다. 일하러 오는 날은 아예 하루 종일 죽치고 앉아서 참견도 하고, 일도 돕고, 동네사람들 인심도 챙긴다. 복숭아나무 열 그루는 아저씨네 마음대로 처분하는 것으로 계약조건에 명시(구두계약이지만)되어 있다고 한다. 열매를 팔고, 밭 관리를 하면서도 내 밭처럼 둘러보고, 맛도 보고, 선사도 하고 그런 재미로 아버지에게 맡기는 모양이다.

아버지는 열매만 사는 복숭아 과수원을 했지만 내 과수원처럼 공을 들였다. 그래서일까, 어린 시절부터 우리는 아버지가 복숭아를 키워내는 밭은 다 우리 집 과수원인 줄 알고 자랐다. 과수원이 많아서 신바람이 났고, 먹거리가 풍족했고 이웃과 나눌 수 있어서 좋았다. 어렸을 때 가족이 함께하는 노동은 고통의 기억보다 오순도순 즐거움과 명랑함만 남아 있다. 절대적 빈곤과 상대적 빈곤의 과도기에 살았기 때문에 먹거리가 풍족한 것이 무엇보다 우선시되었던 시대의식 때문이기도 하였다.

아버지에게 밭을 맡겼던 주인들은 다른 사람들에게 밭을 주지 않으려고 했다. 그래서 해마다 아버지가 맡는 밭은 늘어났고 일손은 턱없이 부족했다. 아버지가 동업 형식으로 영철이 아버지를 끌어들인 적이 있었다. 영철이 아버지와 엄마는 부모님과 다르게 일처리가 깔끔하고 빠르고 단순하게 일머리를 매듭지었고, 손끝이 야무졌다. 그와의 동업으로 많은 과수원을 임대한 아버지는 그해 큰 밑천을 잡았다. 그런데 영철이 아버지는 요리조리 돈을 피하는 길만 골라 다녔고, 아버지는 돈이 따라다녔다 한다.

우리 집은 애들만 나까지 네 명이 몰려다녔는데 아저씨는 우리를 일꾼으로 인정하지도 않고 공밥 먹는 귀찮은 혹쯤으로 여

178

겼다. 아저씨가 주도하는 과수원에 아버지가 일을 하러 보내도 할 일을 주지 않았다. 복숭아를 여럿이 만지는 걸 싫어해서인지 풀 뽑기나 떨어진 복숭아 줍기만 시켰다. 그래서 우리는 동업하지 않는 다른 과수원 일을 많이 다녔다. 결국 아버지와 동업으로 벌인 그 밭이 덩어리는 컸는데, 정작 본전도 건지지 못했다며 영철이 아버지는 이후 복숭아 일을 접었다. 아버지는 일하는 스타일이 맞지 않아서 아깝다고 했다.

"내가 일꾼 맞춰놓으면 영철이 아버지는 자꾸 일꾼을 돌려보내는 겨. 일꾼 품삯은 날마다 줘야 하는데 그게 아까운 거여. 일꾼을 줄여서 하다가, 급할 때만 일꾼을 쓰는데 그게 내 맘처럼 되냐구. 나중에는 일꾼을 사고 싶어도 못 사고……. 누가 오려고 하나? 일꾼도 신용을 지켜야 하는데 영철이 아버지는 혼자 장사하고 혼자 농사만 지어봐서 그걸 모르는 거지. 그 큰 밭을 영철이 엄마, 아버지, 할머니 몇 명이 매달렸지만 썩어 떨어져버린 복숭아만 주워 판 셈이니……."

그러다가 마침내 영철이 아버지와 동업했던 복숭아밭을 사게 된 것이다. 밭주인이 아버지가 돈을 벌었다는 소문을 듣고 제발 사라고 사정사정했다는 것이다. 사실 그때 아버지가 돈이 많았던 건 아닌데 소문이 그렇게 났고 소문 때문에 아버지는 빚을 얻기가 쉬웠다. 큰 밭을 사려고 하는데 돈이 조금 모자란다고 하면 누구든지 돈을 기꺼이 빌려주었다. 이자를 내야 하는 돈인데도 아버지는 돈을 빌려주는 사람들을 은인처럼 여겼고 그렇게 섬겼다.

무일푼의 처지에서 엉겁결에 지금은 행정수도에 편입된 과자공장 너머 산 끝자락 언덕의 종촌 싯골 복숭아밭 과수원이 우리것이 되었다. 명의가 바뀌었을 뿐 여기저기 빚을 늘어놓아서 살림은 이전보다 더욱 빠듯했지만 아버지에게 든든하게 믿는 배경 하나가 생겼던 것이다. 물론 이잣돈을 내는 것은 밑 빠진 항아리에 물 붓기였고 엄마, 아버지는 지치고 힘들어 보이기도 했다. 하지만 밤에 자면서 도란도란 말하는 아버지의 목소리는 의욕에 넘치고 희망에 부풀어 있었다.

"빚 이자 땜에 조마조마하네유. 이러다 쫄딱 망하는 거 아닌가유?"

"걱정 말어. 조치원 바닥에서 서로 돈 가져다 쓰라는 사람은 나뿐이니께."

"빚밖에 없는 사람이라는 걸 알면, 빚 준 사람들이 모두 달려들어 내 돈 내놓으라 난리치겠지요?"

"그래서 자꾸 장사를 크게 벌려야 혀. 열매 장사도 크게 하고. 그래야, 윗돌로 아랫돌 막듯이, 이 돈으로 저 돈 막고 그렇게 돌아가는겨."

"......."

걱정스럽지만 자랑스러워하는 엄마의 모습이 보이는 듯했다. 아버지는 들떠 있었고 자신감이 넘쳐나는 목소리가 듬직하게 여겨졌다. 잃을 것이 없는 맨주먹의 아버지였기에 더욱 무서울 것이 없었을 것이다.

맨주먹의 아버지가 끝까지 믿었던 건 팔남매 자식들이었지만 결국 빚잔치에서 아버지를 구해준 건 인플레였다. 이자가 아무리 늘어나도 인플레가 훨씬 높아서 빚쟁이가 오히려 이득을 보는 시대였던 것이다. 그리고 그때부터 조금씩 불이 붙기 시작한 전국 땅값 상승 덕분에 아버지는 빚잔치에서 벗어났지만, 자식들은 월급을 평생 모아도 먹고살기 빠듯할 뿐, 집도 땅도 살 수 없었다.

들국화
연보랏빛 사랑

중학교 1학년 가을 소풍날의 우울한 아침.

아침부터 속이 울렁거렸다. 나만을 위한 김밥 준비…….오늘의 주인공이 나라는 것이 실감이 나지 않는다. 중학생이 되어 받는 특별대우가 불편할 뿐이다. 봄소풍 때만 해도 마냥 들뜨고 즐겁기만 했는데, 오늘은 몸이 나른하고 축축 늘어지는 것이다. 이유 없이 몸과 마음이 처지면서 모든 것이 귀찮기만 하고 아무 말도 하기 싫다.

이런 맏딸의 표정을 엄마가 별스럽게 여긴 듯했다. 먹성이 좋은 내가 김밥 싸는 근처에 오지도 않고 아침 먹을 생각도 하지 않으니 엄마는 일부러 끄트머리 김밥 한 덩이를 크게 잘라 챙겨준 것이다. 고소한 참기름 냄새, 김이 젖어서 나는 바다 내음, 단무지의 짭조름한 맛, 데친 시금치, 노른자와 흰자가 살아 있는 계란부침까지 선명하게 도드라지는 김밥 재료를 바라보면서도 도대체 입에 넣어 씹고 싶지 않으니.

손가락을 빨며 쳐다보는 동생에게 김밥덩이를 주고 아침을 굶었다. 그날 입었던 교복이 생생하게 떠오른다. 70년대 여중생의 일반적인 복장처럼 긴팔 하얀 블라우스에 곤색 플라워스커트와 검은 스타킹에 곤색 운동화차림이다. 신문지에 둘둘 말아서 싼 일회용 나무 도시락을 대하면서 아무 감흥이 없는 내가 신기하다. 운동회와 소풍 때가 아니면 구경할 수도 없는 김밥 도시락이 거추장스럽게 여겨지기도 처음이다.

초등학교 시절, 소풍은 김밥과 계란과 사이다를 먹을 수 있다는 사실만으로 명절보다 훨씬 즐거웠다. 소풍 먹거리에 대한 기대감이 시들해질 무렵, 장기자랑에 대한 색다른 재미가 생겼다. 초등학교 고학년부터 소풍이라는 것이 어디를 가느냐가 중요하지 않았다. 그날 친구들과 어떤 놀이판을 만드느냐, 어떤 옷을 입느냐가 더 중요했다. 나는 항상 놀이판의 중심멤버였다. 판이 벌어지면 무조건 오락반장으로 추대되던 시절이다. 그때는 말 잘하고 재미있고 잘 웃기는 애였으니 내 인생의 화양연화로 물이 오르던 화려한 시절이었다. 사회자의 오프닝 멘트와 함께 합창으로 막이 올랐고, 마지막은 모든 출연자와 함께 나의 막춤으로 결판지게 판이 마무리되곤 했다. 그 여흥을 몰아서 우리끼리 만나 밤새도록 몸을 풀자고 내가 먼저 바람을 잡기도 했었다.

그런데 그날은 유독 아무도 눈에 보이지 않고 아무 소리도 귀에 들려오지 않는 것처럼 하루를 보내야 했다. 소풍 장소는 학교에서 10리 정도 거리의 모시울 절 근처 야산인데, 초등학교 때도 몇 번 가본 곳이라서 아무런 흥미도 없이 그저 걸었다. 학급별로 줄을 지어 걸었지만 대열에서 조금씩 벗어났다. 웃음과 수다가 반반인 무리에서 벗어나서 아무도 없이 나 혼자 걷게 되었다. 처음에는 그냥 귀찮아서 자꾸 걸음이 느려졌다. 그런데 평소와 다른 나의 모습 때문에 담임선생님이 걱정을 하기 시작했다.

"어디 아프니?"

대답하기도 힘이 들어 고개를 숙였다.

"얼굴이 노란 게 힘이 없어 보이는데. 괜찮겠어?"

발걸음은 점점 더 느려졌나 보다. 힘겹게 걸음을 옮기다 보니 앞에도 뒤에도 아무도 없는 빈산에서 나 혼자 걷는 환상에 젖어들었다. 바로 전까지만 해도 교실이나 시장바닥과 같았던 웅성거림의 풍경이 사라지고, 빈산의 고요만 남은 경이로움에 나도 모르게 고개가 두리번거려진다.

문득 낮은 산에 드문드문 피어 있는 꽃무리가 가깝게 눈에 들어오기 시작했다. 가냘픈 꽃잎 색깔이 연보랏빛이었다. 자세히 보려고 고개를 숙이는 순간, 술래잡기할 때, 갑자기 숨어 있다가 한꺼번에 여기저기에서 불쑥불쑥 무더기로 몰려오는 동무들처럼 온 산에 들꽃들이 넘쳐나서 깜짝 놀랐다. 그 놀람은 이내 편안함으로 바뀌었다.

까르르 터지는 웃음이나 키득거리는 소리와 먼, 보랏빛과 하얀색 꽃무리의 언어에 한없이 마음이 편안해졌다. 내 가슴속 숨겨둔 슬픔의 감정이 꽃으로 피어나서 넘실거리는 안도감. 아주 잠깐 그런 생각에 젖어들었다. 명랑함으로 무장하며 살면서 지친 마음이 위로받는 느낌.

그날의 소풍에 대한 기억은 꽃잔치 풍광뿐이다.

친구들의 실망하는 말소리, 오락반장에 대한 선생님의 의무 이행을 요구하는 표정에도 요지부동 시큰둥했다. 나는 아픈 사람처럼 구석에 처박힌 채 있었다. 세상에 태어나서 처음 느낀 고독의 시간은 길고 지루했다. 내가 없어도 장기자랑은 아무 지장 없이 진행되어 다행이었지만, 한편 쓸쓸했다. 고독을 자처한 나의 민낯은 아직 무채색이었을 것이다.

집에 가는 길은 철저하게 혼자의 시간을 누리면서 오히려 나름 즐거웠다. 혼자 걷기 때문에 꽃을 만나는 기쁨을 누리게 된다는 것을 처음 깨달았다. 온 산에 가득한 보랏빛 꽃과 만나는 설렘으로 쓸쓸함이 달콤하기까지 했다. 자세히 보니까 보랏빛 꽃들은 하나하나 옅고 진함이 달랐다. 흰색이 섞인 보라색, 짙은 보라색에 살짝 하양이 곁들인 분위기까지 무엇 하나 똑같은 것은 없었다. 사람 얼굴이 모두 다르듯 같은 종류의 꽃도 서로 다른 얼굴을 지니고 있음을 알게 된 것이다. 그때 처음으로 고독이 기쁨일 수 있음을 체험했고, 군중 속을 벗어나 있어도 마음이 편안할 수 있는 노하우를 터득했다. 내가 없어도 군중집단은 잘 돌아가고 있음을 인정할 수 있었던 것처럼.

단발머리 왈가닥 소녀는 집에 오자마자 무심히 교복을 벗고 편한 옷으로 갈아입는다. 순간 척척한 느낌과 함께 낯선 흔적이 있어서 깜짝 놀랐다.

'이게 뭐지?'

속옷에 묻은 보라와 붉음의 흔적이 초경 때문임을 알아채는 데 많은 시간이 필요하지 않았다. 이미 시작한 친구들에게 들은 이야기도 충분히 있었다. 그래도 '이런 건가?' 가슴이 쿵쿵 울렸다. 기다리기도 했지만 아무렇지도 않게 지나갈 수 있는 일이 아니었다. 처음 생리할 때 많이 아프다고 하던데, 전혀 느낌이 없어서 더 이상했다. 일단 비밀스럽게 해결해야 한다는 생각이 앞섰다. 학기 초 가정 수업 시간에 위생 팬티와 생리대를 판매하는 사람이 있었다. 그분은 가정 선생님조차 민망하게 여기는 여성의 성교육(순결교육)을 대신했던 듯하다. 그때 사두기를 잘했다고 안도의 숨을 뱉기도 전에 혈흔이 묻은 속옷 걱정이 짓누른다. 순간의 기지를 발휘하여 빨랫감을 많이 만들어 속옷이 보이지 않게 품에 꼭 안았다. 빨랫감을 고무다라에 담아 수돗물을 틀면서 혼자만 간신히 들어설 수 있는 좁은 공간이 모처럼 고맙게 느껴졌다.

우리 집은 우물이 없어서 옆집의 우물을 이용했는데 식사 준비할 때는 바께스에 물을 길어와야 했다. 보리쌀을 헹구거나 나물을 씻을 때는 옆집으로 갔고, 빨래거리가 많으면 공동 빨래터를 이용했었다. 그러다가 집집마다 수도를 놓게 되었다. 집이 좁아, 갓난아기 궁둥이만 한 마당조차 없다보니 구식 부엌의 끝부분이 바깥 도랑과 통해서 그 삼각형 끝을 이용하여 수도를 놓았다. 제법 사용하기가 편하게 되었으니 서서 빨래를 하거나 설거지를 할 수 있었던 것이다. 복개하여 지은 집이라 평평하게 개수대를 만들면 도랑의 물이 역류할 수도 있으니까 일부러 삼각형의 끄트머리를 막아서 벽돌을 쌓아 올리고 시멘트 공사를 하여 만든 개수대였다. 구식 부엌이지만 수도를 높게 놓으면서 서서 빨래를 할 수 있는 작은 공간이 있는 게 얼마나 다행인가?

그런데 아뿔싸! 엄마가 그 좁은 공간을 비집고 들어와서 옆에 서있는 것이 아닌가? 태연한 척했지만, 그 흔적을 조금이라도 빨리 없애고 싶은 마음뿐으로 나만의 고요 속에서 서둘러 빨래를 하는데 가슴이 쿵쾅쿵쾅했다. 그런데 엄마는 과연 언제부터 알고 있었던 것일까?

"이게 뭐여? 너, 벌써?"

'아닌데, 친구들보다 늦었는데······.'

숨기고 싶은데 모른 체해주지 않는 엄마가 야속해서 원망스럽게 바라보니 엄마의 표정이 환하게 빛나고 있었다. 게다가 그 웃음 속에는 자랑스러움까지 담겨 있었던 것이다.

'아, 죄를 짓는 것도 부끄러운 것도 아니구나.'

초경을 긍정적으로 해석할 수 있었고 막연한 불쾌감과 불안감에서 벗어날 수 있었다. 하루 종일 이유를 알 수 없었던 혼란스러움의 정체가 이거였구나 싶어 고개가 끄덕여지면서, 더할 수 없이 마음이 편안해졌다. 나의 초경은 그렇게 시작되었다. 내 가슴에 들판 가득 들국화 연보랏빛 그림자를 배경으로 피어난 엄마의 만개한 웃음. 세월이 흘러도 그때 그 표정은 달거리 때마다 변함없이 나를 찾아오곤 했다.

그날 나는 부모님이 도란도란 나누는 이야기 속에 등장하는 '이연이가······'를 들었다. 형광등을 반으로 나누어 단 방 옆에서, 설핏 아버지의 건강한 신음 소리를 들으며 잠이 들기도 했다. 초경 이후 여름 내내 박계형의 연애소설에 빠지기도 하면서 매달 그렇게 그날의 들국화 웃음을 기억하며 불쑥불쑥 성장했다. 이후, 산국화, 쑥부쟁이, 구절초, 벌개미취, 금불초, 쑥방망이 등 국화과에 속하며 소국으로도 불리는 꽃들을 한데 묶어 들국화라고 부른다는 것을 알게 될 즈음이다.

수학여행 대신
바다를 만나다

    1978년, 제주도 수학여행비가 삼만팔천 원이었다(2015년 제주도 수학여행비가 삼십육만 원에 용돈과 준비물까지 보통 70만 원 내외 지출함). 아버지는 수학여행이란 말도 꺼내지 못하게 했다. 학교에서 조사할 때는 안 간다고 분명히 손을 높이 들었건만 집에는 아무 말도 하지 않았다. 수학여행비 삼만팔천 원 때문에 부모 속이 얼마나 타들어가는지 알 바 아니었으니 철이 없기도 했다. 아버지는 대놓고 말했다.

    "학비 대기도 빠듯한데……."

    나는 일찌감치 수학여행을 포기했으면서도 끝까지 가지 않겠다는 말만큼은 하지 않았다. 부모님은 여행 떠나기 전까지 비용을 납부하면 되는 줄 알았을 뿐, 세상물정을 너무 몰랐다. 사복을 마련하고, 가방, 신발, 카메라, 준비물이 많았다. 용돈을 얼마씩 가져가야 하는지 서로 확인했는데 그 준비물이 수학여행비보다 훨씬 많아 옆에서 듣는 나는 깜짝 놀라서 온몸이 화끈거렸다.

날짜가 다가올수록 교실의 분위기는 들떠 있었고 수학여행을 못 가는 나와 수미와 정희는 어정거리며 복도와 운동장을 걷는 날이 늘어났다. 수학여행도 수업의 연장이기에 안 가는 사람도 학교에 나와야 한다고 했지만 나는 콧방귀를 뀌었다.

"수학여행 못 간 것도 서러운데 학교에 나와 출석을 점검하라고?"

그렇게 매사 뒤틀리고 심사가 꼬여 있었다. 집안형편을 뻔히 아는데도 억울하고 화가 치밀었다. 죄 없는 엄마까지 원망하는 마음이 불뚝거렸다. 엄마는 어려운 집안에서 공부하는 것만도 황송하지 어떻게 남들 하는 걸 다 하냐고 철없는 나를 야속해하면서 끙끙 속을 태웠다. 맞는 말이었다. 그래서 더 속상하고 가슴이 터질 것 같았다. 친구들의 웃음소리가 나를 비웃는 것 같았고, 선생님들의 동정어린 눈빛조차 속상했다. 수미와 정희가 슬금슬금 다가와 부러움과 불만을 하소연하는 말을 일부러 외면했다.

'수학여행을 못 간다고 주눅 들지 않으리라.'

그게 내가 할 수 있는 최대의 복수였다. 아니 한걸음 더 나아가 '나만의 더 멋진 여행을 하리라' 다짐했다. 처음부터 이런 당돌한 생각을 했던 것은 아니었다. 단지 부모님께 죄스러워서 수학여행을 갈 수 없다는 마음만 가졌을 뿐인데 막상 대놓고 가지 못하게 하는 아버지 말을 듣자 반항심이 싹트면서 계획이 점점 치밀해졌다. 바다를 보고 싶다는 생각을 했다. 나는 그때까지 바다를 보지 못했었다.

'생애 최초로 바다를 만나는 순간 다시 태어났다'

그런 말을 어느 책에서 읽고 난 후 '생애 최초 바다를 만나는 순간'에 대한 기대감으로 내 마음은 속절없이 달아올랐다. 엄마가 뒤늦게 건넨 수학여행비가 가방 바닥에 담겨 있었다. 무조건 걷거나, 최소경비로 여행을 해야 한다고 다짐하였다. 수학여행비 삼만팔천 원이 최소경비가 되었다. 당시 고등학생에게는 겁나게 큰돈이었다.

드디어 수학여행을 떠나는 날이다.

수학여행 갈 때는 평소보다 이른 새벽시간에 출발한다는 것을 집에서는 아무도 몰랐다. 조치원에서 통학기차를 타고 충남여고에 도착하면 빠듯하게 1교시 전에 도착한다. 수학여행은 그보다 한 시간 전에 출발하는 것이 보통이다. 이미 관광버스는 출발했을 것이다. 이 사실을 전혀 모르는 엄마는 나보다 더 들떠 있었다. 자식과 더불어 수학여행을 떠나기라도 하듯 새벽에 일어나 김밥을 싸는 엄마를 보며 마음이 짠했다.

'아, 딸이 수학여행 아닌 개인여행을 간다는 사실을 알면 얼마나 마음이 아플까?'

그때 아무 말도 하지 말았어야 했는데……. 나는 김밥을 들고 나오면서 엄마에게 고백하지 않을 수 없었다.

"엄마, 사실은…… 수학여행 안 가요. 이미 날짜가 지나서 갈 수가 없어요. 대신 혼자 여행 다닐 거예요. 아버지에게는 비밀로 해주세요. 죄송해요, 엄마. 언젠가는 제가 꼭 효도할게요."

"……."

2박 3일의 여행 일정은 순조롭게 진행되었다.

어차피 아무런 계획 없이 바다를 가야겠다고 마음먹은 여행이었다. 일기장과 시집 한 권 그리고 필통이 전부인 가방을 들고 조치원 버스정류장에 갔다. 대전에서 밤 열두 시 목포행 완행열차를 타기 위해 낮 시간에 무령왕릉에 다녀왔다. 밤차를 처음 타는 것인데도 전혀 낯설지가 않았던 건 오랫동안 꿈꾸었던 야간열차 여행이었기 때문인지 모른다. 아버지가 진도로 완도로 김을 사러 다녔던 이야기를 많이 들어서였는지, 문학작품 속 기차 여행 관련 이야기 때문인지 대전 시내를 걷는 것보다 더욱 친근 감이 느껴졌다.

날이 밝아오면서 기차에 새로운 사람들이 등장했다. 통근하는 직장인들, 통학하는 학생들이었다. 낯선 교복을 입은 학생들이 무리지어 나타날 때마다 쿵쿵쿵 가슴이 울렁였다. 나는 저 학생들만큼 순수하지 못하다는 자격지심 앞에서 엄마 얼굴이 떠오르다가 아버지 얼굴로 뒤바뀐다. 격하지만 표출할 수 없는 감정의 곤두박질. 비장한 의지와 결단으로 이끄는 미래의 내 운명을 예감하는 순간이다. 가족의 공동운명체를 배반하는 또 다른 나의 존재를 감당하기 힘들어 눈을 질끈 감아버린다.

강한 전라도 억양을 들으면서 멀리 왔다는 걸 실감했다. 목포에서 내려 항구로 가서 새벽시장에 들어서니 멀리 갈매기가 끼룩거린다. 파란색 벌판처럼 펼쳐진 바다가 실감이 나지 않는다. 그러나 아직은 바다를 보았다 말할 수 없다. 내 가슴속의 바다는 해변을 거닐고 조개껍질을 주우며 출렁이는 물결을 만나는 자리다. 부두 선착장 대합실에서 섬으로 가는 배편을 알아보았다. 완도행 배를 타려고, 표를 끊으러 갔더니 배가 안 뜬다고 했다. 함께 기다리던 아주머니가 나에게도 배편을 가르쳐준다.

"어디까지 가니?"

갸웃대다가

"완도 가는데요."

"우리와 같이 가면 된다."

완도 바로 앞 섬 사람이란다. 이름도 잊어버린 작은 섬에서 하루를 묵었다. 고등학생이라고 했더니 여대생이나 되는 것처럼 커하게 대해준다. 누구네 가냐고 자꾸 물어서 수학여행을 못 가서 바람 쐬러 다닌다고 솔직하게 말했더니 속이 후련하다. 나는 학교를 빼먹은 비행을 비장하게 고백한 셈인데 반응은 엉뚱했다. 훈계하거나 혼내는 분위기가 전혀 아니다. 오히려 배편이 마땅치 않으니 여기서 자고 내일 가라고 손을 끌어당긴다. 바닷바람에 깊게 패인 주름살 많은 아주머니들(당시 내 눈에는 할머니와 아주머니 구분이 어려웠다.)의 갑작스러운 환대를 어떻게 해석해야 할지 당황스러웠지만 거부할 처지도 아니었다. 학생이 무슨 돈이 있냐고 숙박비 운운하는 나를 되려 나무란다. 그래서 크지도 작지도 않은 통통배를 타고 뱃머리에서 실컷 바다를 바라볼 수 있었다. 한 시간 남짓 뱃전에 부서지는 하얀 파도와 시퍼런 물결이 끝도 없이 펼쳐졌다. 지구의 삼분의 이가 바다라는 말이 실감이 났다.

'넓은 세상으로 끝없이 나아가리라.'

리처드 바크의 『갈매기의 꿈』을 떠올리며 가슴을 여민다. 하루 양식에 목을 매지 않으며 더 큰 이상을 찾는 용기가 어디서 나올까? 이런 생각에 젖으며 불편함보다는 호기심과 고마움 속에서 저녁도 먹고 편하게 자고 아침까지 먹었다. 작은 섬이라 해도 동네가 있고, 논도 있고 밭도 있고 산도 있다. 학교도 있고 교회도 있었다. 집에서 바다까지 가려면 많이 걸어야 했다. 아침을 먹고 인사를 드리고 나오는데 꼬깃꼬깃 접은 종이돈까지 손에 쥐어준다. 안 받을 수도 없고 받자니 목에 가시처럼 불편하다. 하룻밤 재워주고 먹여준 것만으로도 감지덕지인데 피붙이인양 눈물까지 글썽이는 할머니가 내내 눈에 밟힌다. 내가 떠나는 걸 마중 나온 남매는 가까이도 못 오고 멀찌감치 떨어져서 걷는다. 낯가림을 많이 하면서도 육지에 가고 싶다는 말을 한다. 내가 그토록 그리워했던 바다처럼 육지가 이들에겐 새로운 세상이구나 싶었다. 새로운 세상이란 모든 사람에게 똑같은 것이 아님을 깨닫는 순간이었다. 나에게 육지가 일상인 것처럼 이들에겐 바다 또한 그런 것이다.

  그런데 막상 선착장에 도착했지만 바로 눈앞에서 이미 배가 떠나고 있었다. 그 순간 기적 같은 일이 벌어졌다. 내가 배를 놓쳤다고, 여기저기서 나보다 더 발을 동동 구르며 애를 태우는 사람들이 있었는데 그 사람들 때문인지 누군가 배를 가져온 것이다. 그리고 알지도 못하는 사람들이 나를 납치하다시피 작은 배에 태우는 것이다. 엉겁결에 나룻배처럼 작은 배에 탔는데, 두 명의 건장한 아저씨가 노를 젓기 시작했다. 처음에는 무슨 영문인지도 몰랐다. 세 명이 누우면 몸이 포개져야 할 만큼 작은 배가 30여 분 달려서 큰 배를 따라잡았다. 나를 그 배에 태우기 위해서 온힘을 다해 노를 저어왔지만 뱃삯도 공치사도 아무것도 없었다. 고맙다는 말조차 입에서 나오지 않았다.

아, 그리고 나룻배를 타고 바다를 만났던 그 30여 분의 기억이다.

한번 노를 저을 때마다 물이 솟구쳐 올랐고 배 안으로 물방울이 튀어 올랐다. 내가 가운데 탔기 때문에 무게중심을 잡으려면 움직이지 않아야 했다. 양쪽에서 노를 젓는 건장한(?) 아저씨에게 민망했지만, 약간 누운 자세로 하체를 발끝에 지탱하면서 양손으로 뱃바닥을 움켜잡고 상체를 의지하며 고개만 돌려서 망망대해를 만났다. 물침대처럼 아늑하고 포근하게 출렁거리는 바다. 바다는 변신술의 달인처럼 잠시도 같은 모습을 보이지 않는다는 걸 온몸으로 확인하는 순간이었다.

30여 분 나를 배에 태워주셨던 분. 그분들은 나와 전생에 무슨 인연이 있었기에 나를 위해 배를 저어주었을까? 아마도 '내일 학교에 가야 한다'는 말을 했기 때문인 것 같다. 결석을 밥 먹듯 했던 내가 학교 이야기를 한 것은 하룻밤 더 묵어가라는 말 때문이었는데 신세지는 것이 미안스럽기보다 그 따뜻한 인정과 순수함을 감당하기가 두려웠다. 아무것도 아닌 사람이 이렇게 귀한 손님대접을 받는 것이 무섭도록 고마웠던 기억.

처음 만난 그 바다는 하얀 구렁이 떼의 일렁임처럼 구불구불 꿈틀거렸다. 그 맛은 짭짤한 생선비린내였는데 팔딱거리는 상큼함이 묻어났다. 어물가게를 하며 살았던 우리 집과 나와 동생들 옷에 밴 그 썩은 생선비린내와 닮은 맛. 아, 틈새에서 넘실거리는 바다를 처음 만난 것이다. '갈매기의 꿈'은 나만의 것이 아니었다. 아버지에게도 그 꿈은 자식교육과 날품으로 사투를 벌이듯 펼치고 있었던 것이다. 다시 어물가게로 달려가는 열여덟 살 소녀의 몸에는 오월 교정에 휘날리던 쌀튀밥알처럼 송이송이 매달린 아카시아꽃 향내가 진하게 배어들었다.

고등학교에 다니는 손녀가 일본에 수학여행을 갔다는 이야기를 나누다가 삼십여 년 전 엄마의 심경을 듣게 되었다.

"수학여행 안 간다는 말을 듣고 심장이 '쾅' 멈추는 것 같드라."

"아…… 어머니."

"아버지에게 비밀로 하라지만, 그때나 지금이나 우리는 비밀을 모른다. 아버지는 그 얘기 듣고 나서 놀라지도 않더라. 수학여행이건 개인여행이건 뭔 상관이냐고 우리는 부모 노릇했으면 된 거라고."

"알고도 모른 척해주셨단 건가요? 아버지가."

아버지를 새롭게 만나는 순간.

그것은 믿기 어려운 담백함이다. 내가 알던 아버지와 전혀 다른 모습을 보여줄 때 새삼 아버지는 어떤 사람인가 다시 생각하게 된다. 초등학교 시절 저금 10원을 끝내 주지 않아서 울음을 터뜨리게 했던 아버지, 계산적이고 자기중심적이고 사소한 것이라도 아버지의 원칙에 어긋나면 불같이 화를 내는 무서운 모습, 그런 아버지에게 전혀 기대하지 않았던 너그러움이 등장하면 따스한 감동보다 불안감으로 다가왔던 시절. 아버지는 어물가게에서 생선을 만지는 일을 최고의 업으로 삼는 꽉 막힌 사람으로만 알았는데.

제4부

아버지나무

뻥튀기

뻥튀기과자를 만들 때 사용하는 쌀이 있다. 그 쌀을 작은 수저로 뻥튀기 기계에 올려놓고 열을 가하면 부침개만큼 푸짐하게 부풀어 오른다. 고소하고 달콤하면서 바삭바삭하게 부서지는 뻥튀기의 맛은 온도에 의해 수분이 팽창하여 부풀어지는 과정에서 나오는 '뻥' 소리처럼 새롭게 태어난 맛이다. 아버지의 뻥은 일종의 뻥튀기과자 맛 같은 효과가 있었던 것 같다.

아버지의 뻥을 불편하게 여겼던 것은 학창시절이었다. 아버지의 자식들은 맨날 일등이고 최고 점수로 소문이 나 있는 게 아버지만큼 자랑스럽지가 않았던 것이다. 물론 백점짜리 시험지도 간혹 있었고, 글짓기상, 선행상, 개근상, 우등상도 받긴 했었다.

하지만 일등은 한두 번이고, 10등도 있었고, 8등도 있었는데 맨날 일등이라고 자랑이 퍼지면서 결벽증세가 있는 자식들은 언젠가부터 아버지의 언어를 불신하기 시작했다.

아버지의 뻥이 최고의 달콤함을 발휘했던 것은 손자이야기이다. 아버지 첫 손자가 중학교 수석입학으로 이름을 불린 후, 아버지의 손자 자랑은 '교내 1등'에서 '공주 1등'이었다가 '충남 1등'이었다가 '전국 2등'으로 승격되었으니 세계 2등까지는 올라가지 않은 게 다행이다. 스님이신 큰고모 앞에서는

"누님, 우리 맏딸 아들이 공주 1등예유."

했다가 외삼촌 앞에서는

"우리 맏딸 아들이 충남 1등이라니깐."

뻥튀기로 자랑하는 것이다. 나도 늙은 것일까? 아버지의 '뻥'이 달콤하고 감미로워지면서 가끔 되뇌어본다. 글이란 아버지의 뻥튀기처럼 고소한 맛, 달콤한 맛이 조금이나마 있으면 되지 않겠냐고.

아버지는 원래 말수가 적고 짧으시다. 그런데도 그 한마디가 좌중을 사로잡는 마력이 있으니 아버지의 간결체 문장과 호탕한 웃음소리다. 그래서인지 어린 시절, 사람들을 설득하는 아버지의 모습이 뇌리에 남아 있다. 아버지는 내용을 차근차근 설명하거나 길게 늘어놓지 않았다. 비장의 카드를 다양하게 품고 있

다가 핵심어를 잘 찾아서 적절한 상황에 들이대는 화법이었는데 대부분, '뻥'이 가미된 것이다. 아버지는 '악의 없는 뻥쟁이였다'는 것이 지금의 내 생각이다. 아버지의 '뻥'은 허구와 실재를 범벅하여 스토리를 편집 재생시키면서 아버지 스타일로 완성시키는 방식이었다.

아버지가 상주 감을 한 트럭씩 사서 홍시로 만들어 파는 일을 한 적이 있었다. 어느 해였던가, 서울 장사꾼이 와서 상주 감을 미리 다 사버렸으니 큰손이 와서 속칭 사재기를 해버린 것이다. 아버지는 차비도 건지지 못하고 돌아가야 할 판이었지만 그대로 물러서지 않았다. 일단 과수원집에 들어가서 무작정 하룻밤 숙식을 허락받았으니. 그게 이야기의 전부이다. 하룻밤을 묵으면서 친해지고…… 그렇게 감을 살 수 있었다고 했다. 미주알고주알 자세한 사연은 말할 것도 들을 것도 없었으니 아버지라는 캐릭터 자체가 설득력을 준다는 그 순발력과 생존능력이 불가사의할 만큼 황당하다. 하지만 '상주 감 이야기'는 아버지에 대한 신뢰를 한층 강하게 만들었다. 막노동꾼 세계에서 아버지는 일단 '마음먹으면 무조건 실행에 옮기는 사람'으로 통했던 것이다.

동네에 용팔이 청년이 있었다. 7세 정도 지능을 지닌 사람이었는데 외모만큼은 번듯하고 본성이 온순했다. 엇비슷한 처지의 곱상한 색시를 짝으로 만났다. 얼핏 웃음이 시원스러운 그녀를 놓고, 동네방네 '용팔이 색시가 예쁘다', '용팔이가 색시와 있으면 의젓하다' 소문이 났다. 그런데 하루는 용팔이 엄마가 우리 집에 와서, 신세한탄을 했다. 색시가 임신을 했다는데 아무래도 '용팔이 씨'가 아니라는 것이다. 시어머니 입장에서 날짜를 계산하다 보니, 색시는 용팔이 만나기 전부터 배가 불러 있었다는 것이다.

"확인해본 것도 아니잖어유?"

"확인하고 말고 할 게 뭐 있어?"

"여름이었나유? 처음 색시가 들어온 게."

"그려, 칠석날이었잖어. 그런디, 동지도 되기 전에 몸 풀게 생겼어."

이런 말들과 한숨 소리가 오고가는 중에 옆에서 듣고만 있던 아버지가 툭 내뱉었다.

"용팔이가 착하니께 하늘에서 복을 준 거유, 지 자식이라 우기는 놈만 없으믄 되는 거유, 아, 내가 낳아서 내가 키우믄 내 자식이지, 5대 독자 집안에서 더 이상 뭘 더 바란대유? 용팔이도 서른이 훌쩍 넘었는데 색시가 복덩이를 데려올 거유."

아버지는 복잡한 문제를 세세하게 따지려 들지 않았고, 쉽게 한마디 했을 뿐이다. 용팔이 아저씨는 곧바로 미륵 같은 아들

을 낳았고, 나중에 눈빛 맑은 공주님까지 순산했으니 1남 1녀
의 아버지가 되었다. 동네사람들은 칠삭둥이냐, 팔삭둥이냐 궁
금해했지만, 백설기에 수수팥떡을 푸짐하게 돌리면서 '우리 복
덩이', '우리 복덩이' 하는 용팔이 엄마에게 다들 덕담 늘어놓기
에 바빴다. 강원도로 시집 간 용팔이 누나가 다니러 와서 색시
를 흉보며 입을 삐죽거렸지만 가족들은 이미 늦둥이 재롱에 흠
뻑 빠져 있었다.

　"누구 씨인 줄도 모르는데. 장손은 무슨 장손이여?"

　"하늘이 두 쪽 나더라도 용팔이 핏줄이여."

엄마의 부엌은
어디로 갔을까?

언제부터였나, 70세 초반의 엄마가 쓰러졌고 입원과 퇴원을 반복했다. 그러면서 기적같이 믿기 힘든 일이 일어났다. 엄마가 주방에서 사라진 것이다. 엄마를 주방에서 해방시켜드린 것은 다름 아닌 아버지였다.

자의반 타의반이었지만 아버지는 엄마가 쓰러진 후 집안일을 몸소 하나씩 익히기 시작했다. 평생 손끝에 물 한 방울 묻히지 않았던 아버지가 스스로 가사를 자청했을 때, 고마움을 넘어 존경하는 마음이 더 크게 다가왔다. 지극히 평범한 사람으로 치부하다가도 특별한 사람인 것처럼 느껴지는 경이로움 때문이다. 상추 한 개를 씻을 때, 조기찌개를 끓일 때 기울이는 그 정성에서 존귀한 삶의 모습을 볼 수 있었다. 그뿐이 아니다. 나는 아버지를 통해 나이 들어 품격 있게 살 수 있는 방법을 배울 수 있었다. 내가 좋아하는 음식을 정성껏 만들어 먹는 것이다. 팔십이 넘은 아버지가 보여주는 특별한 존재감은 오래 살아온 삶의 향기와도 통하는 것이리라.

엄마의 부엌은 어디로 갔을까?

유년의 부엌은 깊고 비좁아서 서너 걸음만 걸어도 물건에 몸이 부딪혔다. 한겨울에도 아버지가 냉수를 찾으면 내가 더듬거리며 떠와야 했는데 부엌에 들어가면 낮에도 어두컴컴해서 바닥이 잘 보이지 않는다. 발을 헛디뎌 흙바닥에 뒹굴거나 찬장에 얼굴이 부딪히면 머리를 싸안고 눈을 부빈다. 그렇게 눈을 감았다 뜨면 한참 뒤에 부엌이 원래대로 보인다.

"수수팥떡을 못 먹어서 툭하면 넘어지는겨."

천장은 낮고 검었고 바닥은 좁고 울퉁불퉁했다. 조심한다고 해도 자칫 성급하게 발을 디디면 흙계단에 닿지 못한 발이 허공에서 균형을 잃어 뒤똥거린다. 할머니는 유독 잘 넘어지는 나를 안쓰러워했다.

밥상을 들면, 상위에 놓인 그릇끼리 쨍그랑쨍그랑 부딪쳤고 국물이 넘치면 살얼음이 얼어버린다. 살얼음 위에서 그릇들이 미끄럼을 타는 사르륵 소리가 그릇 부딪치는 소리와 쨍강쨍강 울린다. 검댕이가 짙게 채색을 한 부엌천장 때문인지 부엌은 늘 검었다. 검은 부엌을 빛내주는 건 아궁이 빨갛게 타오르는 불길 뿐이었다.

겨울에는 불 쬐는 재미로 부엌에 자주 들락거리기도 했다. 심심하면 아궁이 앞에서 불장난도 했다. 운이 좋으면 먹을 것도 생겼다. 화로에 불을 담고 남은, 약한 온기의 잿불로 김을 굽는 엄마에게 다가간다. 바삭바삭 구워진 김을 네모반듯하게 썰 때, 부스러기 김을 얻어먹기 위해서였다. 할머니는 밥이 한번 끓어 넘칠 때마다 무쇠솥 뚜껑을 열어서 김을 뺀 후 서둘러 화로를 가져다 불을 담았다. 김을 구울 때는 화로에 불을 담고 남은 뜨거운 재와 아궁이의 온기를 이용했다. 들기름을 발라 김을 굽는 경우는 제사나, 할머니 생신 등 드문 일이었다. 들기름을 바르고 곤소금을 뿌려서 재워둔 김을 석쇠에 얹어 앞뒤로 구워야 한다. 살짝 구운 김을 깨끗이 닦은 무쇠솥 뚜껑 위에 얹어놓으면 바삭해진다.

밥상을 들고 가는 엄마의 뒷모습은 항상 위태로웠다. 내가 어렸을 때 엄마는 늘 형복이를 등에 붙인 채 일을 하셨는데 그 이유는 한 살 터울 남동생 철복이와 형복이가 붙어 있기만 하면 무

209

섭게 싸웠기 때문이다. 그렇게 애지중지 키운 우리 집 남자들 역시 부엌 출입은 금기사항이었다. 부엌에서 방까지 음식을 나르는 것은 여자들뿐이었다. 지금은 그 금기의 영역을 팔순의 아버지가 스스로 허물어 새로운 세계를 열고 계시는 것이다.

"조기찌개에 고춧가루 넣을까요?"

아버지 혼자 저녁밥상 준비를 해놓으신 셈이니 거드는 말을 해야 한다. 뽀얗게 우러난 찌개 국물에 갓난애기 손바닥만 한 조기가 반쯤 옆으로 몸을 굽히고 있다. 조기 밑에 고사리가 얌전하게 깔려 있고 파, 마늘, 양파 등 갖은 양념이 보글보글 구수한 냄새를 피우며 잘 끓고 있지만, 고춧가루를 벌겋게 풀어야 제대로 마무리가 될 것 같아 보였다. 하지만 아버지 생각은 나와 달랐다.

"이게, 다 된 거여. 원래 조기찌개는 고춧가루 안 넣고 쌀뜨물로 끓여야 제맛이 나는겨. 자, 오늘 제대로 끓인 조기찌개 한 그릇 먹어봐라. 둘이 먹다 하나 죽어도 모를 맛이다."

아버지는 당신이 만든 음식을 '제대로 끓인 맛'이라고 여기신다. 군대 부식보급계 출신에다 전자공장 식당운영 경험까지 있는 아버지는 요구하는 맛이 여간 까다롭지 않다.

수저로 살짝 국물을 먹어보니 여전히 밍밍하다. 얼큰한 국물이 아쉽지만 매운 것을 못 드시는 부모님 입맛에 잘 맞을 것 같다.

"고춧가루 안 들어간 조기찌개는 처음인데요. 맵지 않아서 엄마도 잡숫기 좋겠어요."

그렇게 막상 밥을 입에 넣고 조기의 연한 살과 뽀얀 국물을 떠 먹어보니 고사리의 시원한 맛과 어우러져서 칼칼하고 담백하다.

"국물이 허연 조기찌개는 처음 먹어보는데요, 정말 맛있어요. 제가 먹어본 최고의 조기찌개네요. 아버지."

팔순의 아버지 손으로 끓인 저녁을 얻어먹는 마음이 한없이 불편하지만 너스레를 떨면서 한바탕 웃으면 두 분이 채워놓은 무채색의 긴장된 분위기가 노란 민들레꽃 마당으로 환하게 피어난다. A.S 맡긴 휴대폰을 찾아 전해드릴 겸 부모님 집에 잠시 들렀다가 저녁까지 먹게 된 것이다. 아버지가 솜씨 자랑을 하느라 붙잡으니 바쁘다는 핑계를 댈 수가 없다. 조기찌개나 올갱이 국을 끓이면 전화를 해서 먹으러 오라고 하시어 때로는 그 배려가 부담스럽다. 올갱이국은 당신이 워낙 좋아하는 음식이라 나누고 싶어 하신다. 나의 거처에서 자가용으로 5분 남짓 지척에 살면서도 맏딸인 나는 부모님을 전혀 도와드리지 못한다. 다른 자식들도 거리가 멀거나, 몸이 아파서 아무도 부모님을 도와드릴 형편이 못 된다. 형제들은 뻔히 사정을 알면서도 아버지가 스스로 부엌으로 들어가셨을 때 반기지 않고 오히려 험악하게 서로를 원망하기까지 했다.

"팔순 아버지가 밥을 하고 빨래를 하는 게 말이 돼?"

막내 미연이가 눈물을 글썽이며 아버지를 부엌에서 끌어내려 했다. 오죽하면 아버지가 밥을 하고 된장국을 끓여 드시겠는가? 효녀, 효자 소리 듣는 자식들이지만 딸린 가족 챙기기도 벅차 마음만 안타까울 뿐이다.

"그럼 누가 하니? 일부러 운동도 다니시는데 쌀 씻어서 전기 밥솥에 안치면 되잖아. 가사도우미 부를 형편도 아닌데…… 당신 손으로 하면 맛있고 맘도 편한겨. 우리는 김치나 밑반찬이라도 가끔 해다 드리자구. 모시고 외식도 시켜드리면 더 좋구…….괜히 부모님 모셔다 답답하게 가둬 놓고 서로 힘들다고 부부 싸움하는 것보다 두 분이 독립적으로 사는 게 훨씬 나은겨."

솔직히 다른 방도가 보이지 않았다. 나는 어려운 문제를 풀 때, 그 기준을 먼저 자신에게 적용해본 후 확신이 생기면 나와 가까운 사람들 입장에서 다시 생각해본다. 가령 내가 아버지 입장이라면? 내 남편이나 아들의 경우라면 어떨까? 이런 식으로 생각해서 해결책을 찾아보려 한다. 아버지는 남자가 부엌에 들어가면 안 된다는 금기 속에서 살았던 분이라 단순비교는 얼토당토않음도 알고 있다.

하지만 부모님을 모셔야 효도라는 인식 때문에 동생들 역시 이러지도 저러지도 못하면서 괴로워한다. 그 마음을 알면서도, 부모님이 두 분만의 생활을 고집하시기 때문에 그 뜻을 받들어

드리고 싶을 뿐이다.

처음에는 밥만 하셨고 반찬은 자식들이 일주일마다 순번을 정하여 냉장고를 채워드리는 식이었다. 하지만 아버지는 냉장고 음식을 마다하시고 반찬을 직접 만드셨다. 아버지 입맛은 철저하게 국산 토종식이다. 소고기를 특히 싫어하시고, 돼지고기 닭고기도 여간해서 입에 대지 않으신다. 아버지는 당신의 입맛에 맞게 손수 된장국을 끓이고 보리밥을 해서 식탁을 차리셨다. 엄마는 아버지의 음식을 드시면서 원기를 회복했고 부엌은 자연스럽게 아버지의 차지가 되었다.

청소기를 돌리면 중간에 꼭 한번 누웠다가 마무리를 하실 만큼 체력이 약하지만 일주일에 한 번씩 거르지 않으신다. 부엌에서 끼니를 준비하면서도 한두 번 누웠다가 해야 하지만 힘들다는 내색을 전혀 하지 않으신다. 원기를 회복하고서도 엄마는 부엌에 들어갈 생각조차 하지 않는다. 가끔 마늘 까는 것만 도와주신다. 중환자실에서 의식불명으로 지낸 일주일 동안의 체험은 엄마가 당장 돌아가실 수 있다는 절박함을 실감하게 만들었다. 그래서인지 아버지는 엄마가 집으로 돌아온 것만으로 고마워하고 더 이상 바라는 것이 없다. 아버지의 장점은 현실로 닥친 일을 있는 그대로 받아들일 뿐, 결코 애통해하지 않는다는 점이다. 낙천적인 성격일 뿐 아니라 천진난만한 구석이 있어서 자식들 학비나 달러이자를 쓰면서 빚 갚는 걱정 이외 근심을 표현해 본 적이 거의 없다.

다섯째 희연이가 아파서 병원에 입원했을 때도 의식불명의 자식을 두고 큰 소리로 '해장국이 맛이 없다'며 다른 식당을 알아보라고 해서 같은 병실 보호자에게 질책을 받기도 했다.

"아저씨도 참 너무하네요. 서른도 안 된 딸자식이 죽느냐 사느냐 하는 판국에 지금 해장국 맛이 문제요? 참 대단하십니다. 아저씨, 우리는 지금 온 식구가 매달려 금식기도를 한답니다. 밥이 입에 넘어가세요?"

"해장국은 그냥 해장국인 거유. 같은 값 주고 먹는 거 이왕이면 맛있는 집에서 먹어야지유. 병 고치는 건 의사가 해야지 내가 밥 굶는다구 딸자식이 병이 낫는 것두 아니구. 나는 노동하는 사람이라 하루 밥 세 끼 먹는 게 중요한 거유."

당시는 아버지가 야속했지만 지금 생각해보면 현명한 처사일지도 모른다는 생각이 든다. 희귀병에 걸린 희연이는 여섯 달 만에 의식이 돌아왔으나 좌뇌가 많이 손상되어 24시간 보호자가 필요했다. 그동안 엄마는 병간호하며 애를 태우다가 몇 번씩 쓰러져서 응급실로 실려 갔다. 번갈아 간호를 했던 셋째, 넷째 동생까지 연쇄적으로 입원을 하면서, 속수무책이 되었다. 우여곡절을 겪으며 맏아들 철복이가 희생을 자처했고, 결국 직장까지 그만두었다. 희연이는 병원 측에서 퇴원을 종용하여 휠체어에서도 혼자 앉아 있기 어려운 몸으로 희망 없이 집으로 돌아왔다. 그런 와중에서도 아버지 혼자 과수원 농사를 지었고, 무엇보다 당신의 건강을 지켜냈다.

"잘 왔다. 병원에 있으면 없던 병도 생기는겨. 집에 있으면 금방 일어날 테니 두고 봐라. 우리나라 최고 의사들이 못 고친 병을 내가 고쳐줄 테니 걱정 말라구."

아버지의 호언장담은 비록 어두운 분위기를 환하게 비추지는 못했지만, 가족들은 오랜만에 억지웃음을 터뜨렸다. 집에 돌아온 희연이는 기적처럼 조금씩 회복을 보였고 3년 만에 뇌병변 3급, 언어장애 4급의 몸으로 일상을 회복할 수 있었다. 집안에 우환이 생길 때마다 아버지는 이에 휘말리지 않고 당신의 일상을 조금도 포기하지 않으셨다. 식사시간에 맞추어 맛있는 것을 챙기셨고 평소대로 주무셨으며, 해야 할 일을 미루거나 하지 않았다.

논어에서는 '위기지학爲己之學'을 '위인지학爲人之學'보다 높게 본다.

다른 사람을 위한다는 명분이 자칫 본질을 흐릴 수 있음을 경계하고, 자신의 욕망과 맞장 뜨는 학문을 해야 한다는 의미이다. 마찬가지이다. 누구를 위해서 사는 것이 아닌 자신이 당당하게 중심에 서는 것이 중요하다. 니체의 "인간적인 너무나 인간적인" 긍정적 생철학 역시 이와 다르지 않다. 아버지는 그렇게 팔십 평생을 살았고, 말년에는 엄마를 대신하여 살림까지 하셨다. 희생이 아닌 아버지 스스로를 위하여 그렇게 하신 것이다.

선풍기

남편은 부모님을 자주 찾아뵙겠다며 시댁인 서산에서 가까운 대산고등학교 근무를 자원했지만 정작 한 달에 두세 번 잠만 자러 들르는 것도 힘들어한다.

"더워서 못 자겠어."

"열대야도 지나서 요즘은 선풍기 한두 시간 틀어놓고 자면 괜찮은데."

내가 고개를 갸웃거리면 엉뚱한 소리를 한다.

"선풍기가 없어서……."

"선풍기가 하나라서 부모님도 쓰셔야 하니까 당신 쓸 게 없겠네요. 선풍기 사서 택배로 부칠까요?"

"그게 아니라, 부모님은 선풍기를 아예 안 쓰셔서 집안에 선풍기가 없는 거나 마찬가지드라고."

"당신이 선풍기 쓰면 되잖아요."

"여름내 꺼내지도 않는 집에서 어떻게 내가 쓰겠다고 선풍기를 꺼내달라고 하나? 부모님 집에 자주 가지도 않으면서."

남편은 잠귀가 예민하여 작은 기척에도 눈을 뜨며, 몸이 뜨거워 더위를 심하게 타고 유독 땀을 많이 흘린다. 말 한 마디면 당장 기쁨으로 선풍기를 대령하실 시부모님께 차마 말을 꺼내지 못하고 괜스레 더위를 사서 견디는 그 소심하고 예민한 성품이 안쓰럽다. 며느리임에도 나는 오히려 시댁 물건 쓰는 걸 조금도 어려워하지 않는다.

나는 아버지를 닮아서 세심함이 부족한 대신 통이 크고 시원스러운 성격이라는 말을 많이 듣는다. 그 때문인지 대부분의 주위 사람들을 나는 답답하게 여기는 편이다. 남편은 그런 나 때문에 특히 상처를 많이 받았을 것이다. 아버지 역시 비슷하게 주변 사람들에게 상처를 주는 경우가 많은데 엄마에게 가장 심했다.

선풍기를 처음 샀던 날.

엄마와 아버지가 티격태격한 것도 성격 차이 탓이었다. 돈키호테형의 아버지는 일단 일부터 저지르는 스타일이다. 시시콜콜 살피거나 따지는 걸 싫어하고 한번 결단을 내리면 결코 후회

하거나 번복하지 않는다. 비싸거나 싸거나, 모양이 어떻거나 관심이 없다. 자신의 행동을 과신하고 자랑하는 걸 좋아하지만 비판을 받으면 참지 못하고 벌컥 화를 내기도 한다. 햄릿형의 엄마는 일을 저지르지 못하고 잘못될까 봐 지나치게 걱정하고 곁가지를 최대한 늘어놓으면서 백 가지 만 가지의 부정적 양상을 세심하게 점검하는데 몰두할 뿐 결단력이 약하다.

선풍기를 살 때도, 아버지는 확실히 과감했다.

아버지는 가난한 동네사람들이 선풍기를 처음 구경했을 만큼 귀한 시절에 선풍기를 구입하는 결단을 내렸다. 빳빳한 종이에 다달이 갚도록 표시된 12개월 할부로 샀으니 가격이 만만치 않았을 것이다. 60년대 처음 등장한 선풍기가 가정으로 파급된 것은 70년대 들어와서일 것이다.

"없는 살림에 웬 선풍기여, 우리 같이 뼈 빠지게 일해서 먹고 사는 사람이 부채 부칠 시간이나 있으면 감지덕지 아녀? 부채 500개 값도 더하는 선풍기를 왜 산댜? 니 아부지는 가끔 엉뚱하게 일을 저지른다니께. 끝내, 내 말을 안 듣고 장사꾼 말만 믿는 겨."

엄마는 우리들을 향해 푸념처럼 터트릴 뿐 아버지에게 대놓고 불평도 못한다.

"저런 답답한 여편네 보게! 이게 뭐냐면. 잠 잘 자게 해주고,

돈 잘 벌게 해주는 공짜 일꾼이여. 월매나 이득인지 아직도 모르겠단 말여? 덥다고 부채질할 시간에 일을 해서 하루에 봉투를 열 개씩만 더 붙여도 본전이 빠진단 말여. 장사꾼은 공무원 월급쟁이처럼 돈 아낄 생각만 하믄 안 되는겨. 투자해서 돈 벌 생각을 해야지. 나는 밑지는 장사는 안 햐. 어이, 선풍기 자알 샀다! 어, 시원하다."

솔직히 아버지가 선풍기를 틀어놓고 쉬고 있을 만큼 한가한 짬은 거의 없었다. 그런데도 그날 아버지는 맘껏 선풍기를 독차지한 채 앉았다 누웠다를 반복했다. 나와 동생들은 선풍기를 바라만 보아도 좋아서 희희낙락 복닥거리며 놀았다. 부채를 부치면서 선풍기 바람 때문에 훨씬 시원하다고 조잘대는 이야기를 선풍기는 칭찬으로 알아듣고 우쭐거렸을 것이다. 선풍기가 집안의 자랑거리로 윙윙거렸던 그 상쾌함의 바람 소리가 좁은 사랑방에 넘쳐나는 시간들.

지금 생각해보면 그 선풍기는 회전도 되지 않았고 강약조절도 없었고 두 시간 이상 틀어놓으면 오히려 더운 바람이 쏟아지는 싸구려에 구식이었다. 엉성하게 모터만 돌아갈 뿐 안전장치가 없어서 손을 다치는 사고가 많이 일어났는데 다행히 우리는 아무도 다치지 않았다. 게다가 모터 돌아가는 소리가 얼마나 요란했던지 선풍기를 틀어 놓으면 아무리 크게 말해도 알아들을 수 없었다. 그 대신 선풍기 앞에서 노래를 부르면 스피커처럼 울리는 변형된 소리가 재미있어서 동생들과 돌림노래를 부르기도 했다.

아버지는 전기장판을 구입할 때에도 신속했다.

북향인데다가 아마추어 솜씨로 마무리해 지은 집이어서 구들을 몇 번씩 고쳤지만 방은 썰렁했다. 아이들을 눕히는 아랫목에 온기가 있는 정도이니 윗목에서 자는 아버지는 냉골에서 자는 것이라고 가끔 할머니나 엄마가 걱정하는 소리를 들은 적이 있다. 아무렇지도 않다며 냉골을 견디던 아버지는 전기장판을 권유하는 판매원을 만나자마자 당장 사서 윗목에 펼쳐놓고 주무셨다.

"난생 처음 뜨뜻하게 잤네. 구들 새로 놓고, 연탄 피우는 것에 비하면 이건 몇 곱 남는 장사여. 어이, 참 좋은 세상이여."

아버지는 변화하는 세상에 긍정적이고 능동적이었다. 뚜르게네프는 '햄릿을 사랑하기는 어려우나, 돈키호테를 사랑하지 않을 사람은 없을 것이다'라고 말했다는데 아버지의 경우에 딱 맞는 말이다.

시래기 찾아
삼만리

김장을 준비하면서 집집마다 시래기를 엮었다. 무청을 말려 시래기국을 끓이면 할머니와 아버지가 유별스럽게 좋아하셨지만 무를 사지 않으면 무청을 구할 수가 없다. 무청 하나도 귀한 나물처럼 챙겼으므로 굴러다니는 것은 전혀 없었다. 그런데 영철이네가 새 소식을 들고 왔다. 날마다 무청과 무를 자루에 담아 리어카로 날랐는데 그게 공짜라는 것이다. 월하리 단무지밭에 품 팔러 다니는 영철이 아버지를 따라 신흥동 사람들이 떼거지로 몰려갔다. 어린 나까지 갓난 동생을 업고 두 동생들을 거느리고 무와 시래기를 찾아 먼 길을 떠났으니 초등학교 5학년 시절이다.

"무가 넓은 밭에 지천으로 버려져 있는 곳을 알고 있어."

효숙이가 비밀이야기처럼 귓속말로 속삭인다.

"누가 그런 말을 믿니?"

효숙이는 공장에 다니는 엄마와 세 살 위 언니가 있어서 나보다 소식통이 환하지만 듣다 보면 허황한 말들이 더 많다.

"진짜야, 나도 상숙이 언니랑 엄마 따라가서 봤어. 일꾼들이 무를 뽑아서 크기별로 정리해서 트럭에 싣고 가면 나머지는 버리는 거래. 단무지공장에서 밭떼기로 사서 길고 반듯한 무만 가져가고 나머지는 버린대. 밭에 무와 시래기가 가득 쌓여 있어."

"도대체 멀쩡한 무를 왜 버리는 거여?"

"그런 건 단무지를 만들 수 없나 봐. 버리는 건, 일하는 사람들이 가져가도 된대. 그래서 단무지밭 일은 품삯이 절반이래. 일꾼들이 버린 무를 가져다 단무지를 담아서 시장에 판대. 반찬으로 먹기도 하고. 김밥에 들어가는 단무지 맛있잖아. 너도 먹어봤지?"

"단무지를 집에서도 담을 수 있나?"

"그럼. 우리 집은 작년에도 담았는걸. 김밥 쌀 때도 단무지 안 사고 집에서 담은 걸로 써. 노란색 치자를 많이 넣어야 하는데 그게 부족해서 색깔은 허옇지만 맛은 좋아. 일본사람들은 일부러 노란 물을 안 들여서 담는대."

들으면 들을수록 단무지밭에 가고 싶은 마음에 심장이 팔딱거렸다.

"다른 사람들은 못 가져가니?"

"영철이네 아줌마가 우리 동네사람들은 가져가도 된다고 허락을 맡았대. 우리도 내일 가기로 했어."

"나도 가고 싶다."

"애들만 가면 못 들어오게 한대. 어른을 따라가야 해."

"우리 엄마는 애기 젖 먹여야 되고, 가게도 봐야 하잖아. 너를 따라가면 안 될까?"

효숙이는 상숙이 언니 동생인데 언니는 말이 많고 억세지만 어리숙한 구석이 있어서 동생 친구랑 놀면서 대장 노릇을 한다. 언니네 식구처럼 따라갔는데 나는 여동생 셋을 데려가야 했다. 초등학교 5학년인 나 혼자 여동생 셋을 감당해야 할 때였다. 평소에는 셋이라고 하지만 미연이를 업는 것이 조금 힘들 뿐, 견딜 만한 일상 풍경이었다. 희연이와 시연이는 둘이 손을 잡게 하고 슬슬 걸어 다니면 되었던 것이다. 가끔 고무줄놀이를 할 때나, 사방치기를 할 때만 업은 애기를 잠시 친구들에게 맡겨야 하는 것이 불편할 뿐. 초등학교 입학 때부터 애기를 업고 다니는 것이 몸에 배어서 힘든 줄도 몰랐다. 동생들을 데리고 다니면서도 무슨 놀이든지 못하는 게 없었다.

그러니까 무청 이삭줍기에 나선 것은 책 속으로 빠져들기 직전의 시기였다. 상숙이 언니를 따라다니면서 돼지감자도 캐고,

극성스럽게 나물을 뜯으러 다녔다. 미꾸라지를 대야 가득 잡아 온 적도 있었는데 조금이라도 살림에 보태 궁핍에서 벗어나고 싶었기 때문일 것이다.

그날도 무청을 줍겠다고 동생을 업고 양손에 잡고 그 먼 길을 떠났으니 참 독종이었다. 누가 시킨 것도 아니고 허락을 받지도 않아서 스스로 감당해야만 했다. 발바닥이 아프도록 걸어서 힘겹게 도착했을 때는 이미 작업을 마치고 가는 사람들이 있었다. 큰 자루를 머리에 이거나, 손에 보따리를 든 얼굴이 환해 보였다. 흘리고 가는 것만 주워도 섭섭지 않은 수확이 될 것 같아 고생한 보람이 있다며 속으로 뿌듯해했다. 단무지 밭에 도착하기까지 일행과 처지는 걸음이지만 효숙이가 옆에 있어 든든했다.

"다꽝밭이다! 우와! 무지하게 넓은데 이게 다 버리는 거야?"

당시는 단무지라고 않고 다꽝이라고 했다.

"무청만 가져가야 돼. 성한 무는 가져가면 안 된대. 저기 지키는 사람이 있지? 그 사람이 한 자루에 십 원씩 돈을 받는대."

효숙이가 가리키는 쪽을 보니 키가 크고 새까만 작업복 사내가 여기저기 두리번거리는 것 같다. 나는 가슴이 철렁하여,

"저 사람이 누군데?"

"단무지공장 사장 친척이래."

"자루에 시래기를 담으면서 무를 몇 개씩 슬쩍 담으면 모른

대. 알면서도 그 정도는 눈감아준대. 그런데 자루에 가득 무만 담아가면 뺏기고 쫓겨난대!"

아직은 몇몇 사람들이 엎드려서 시래기를 줍고 있는 것이 보였다. 밭에는 군데군데 시래기가 널브러져 있었다. 줍는 게 임자가 아니라 보이지 않는 영역을 만들어서 시래기를 주워서 쌓아놓고 있었다. 동생들과 움직이다 보니 걸음이 느려 일행을 놓쳐버렸다. 나는 어디서 어떻게 주워야 하는지 한참을 헤매고 다녔다. 쌓아놓은 것은 임자가 있는 것 같았고, 가족들이 함께 다니는 근처에는 왠지 가면 안 될 것 같았다. 나처럼 두리번거리며 혼자 다니는 아줌마가 있으면 그 옆으로 따라다녔다. 그 아줌마는 쌓아놓은 시래기를 슬쩍 자루에 담기도 했다.

"임자가 있는 물건인데요."

잽싸게 움직이는 아줌마에게 못한 말을 속으로 삼키다 보면 다시 혼자가 된다. 더 좋은 무와 시래기를 줍겠다고 서로의 눈치를 살피며 우왕좌왕하는 모습들이 눈에 들어오기 시작했다. 좋은 무와 싱싱한 시래기가 푸짐한 곳에는 남자들이 함께 있었고 함부로 끼어들지 못하도록 유세를 부렸다. 먼저 자리를 잡은 사람이 특권을 부리는 것이 분명하다고 속으로만 생각했다.

나는 어른들에게 치이고, 기가 죽어서 싱싱한 시래기와 무가 널려 있는 곳에는 끼어들지도 못했다. 밭둑을 넘기도 힘들었고 거칠

게 오가며 휙휙 던지고 주워담는 현장 자체가 무서웠다. 도둑질 같기도 하고 싸우는 것 같기도 했다. 아무도 없는 밭둑에 앉아서 숨을 고르다 보니 비들비들 마른 시래기가 군데군데 있었다. 어차피 말릴 거라면 상관없을 것 같아서 그중에서 깨끗한 것을 주섬주섬 모았다. 요즘처럼 비닐봉지나 자루가 흔하지 않아서 나는 가져간 보자기에 시래기를 담아 쌌다. 굴러다니는 반 토막 난 무를 넣을까 말까 망설이다 슬쩍 몇 개 넣었다. 그렇게 짐을 꾸리고 있는데 효숙이가 와서 가자고 했다. 효숙이는 불룩불룩 튀어 나온 무 자루를 양손에 들었고, 상숙이 언니는 머리에 이고 양손에 시래기를 바리바리 묶어들었다. 내가 묶은 보자기를 보더니 상숙이 언니가 새끼줄을 가져와서 작은 짐을 만들어 양손에 들려준다.

"널린 게 시래긴데 겨우 요걸 짐이라고 묶어놨어?"

"희연이, 시연이 데려가려면 짐을 못 들어."

언니가 성한 무를 가져다 보자기 속에 찔러 넣는다. 울룩불룩한 무는 금방 표가 나서 잡힐 것 같다. 하지만 오다 보니까 무를 가져간다고 잡히는 사람은 아무도 없다. 어떤 사람은 버젓이 리어카에 무를 가득 채워서 끌고 가고 있었다. 무겁다거나 그런 걸 걱정하는 사람은 아무도 없다. 공짜로 한 보따리 챙겨가는 신바람으로 발걸음이 다들 가뿐가뿐하다. 상숙이 언니와 효숙이는 무를 맛있게 먹으며 나에게도 한 개 주었다.

"다꽝무가 얼마나 맛있는 줄 아니? 시원하고 달다."

"먹어볼래?"

훗날 황순원의 「소나기」를 가르치면서 이때 먹은 무 이야기를 한다. 달콤한 배나 참외보다 더 달고 시원한 맛을.

소녀가 "맵고 지려" 소리 지르자 소년이 "참 맛없어 못 먹겠다" 던지는데 실제로 소년은 무가 맛있어서 소녀에게 준 것이라고 알려준다. 소년이 소녀보다 더 멀리 던지는 것은 풋사랑 작업 중이기 때문임을 얘기해주며.

이때 덧붙이는 이야기가 또 있다. 다꽝무와 시래기를 주우러 갔다가 결국 아무것도 가져오지 못한 사연이다. 내가 만든 시래기보따리와 상숙이 언니가 만들어준 새끼줄에 묶은 시래깃단 두 개를 모두 버려야만 했던 이야기를 담담하게 들려준다.

올 때는 잘 따라왔는데 갈 때는 세 명의 동생들이 자꾸 사방에서 칭얼거리는 것이다. 등에 업은 미연이가 칭얼대는데 자주 몸을 흔들어주면서 추켜 업어야 편안해한다. 그러자니 머리에 인 시래기가 서너 걸음만 가면 쏟아진다. 등에 착 달라붙느라 힘을 써야 하니 미연이는 그때마다 또 칭얼댄다. 나는 양손에 든 시래기 때문에 걸음이 한없이 늘어진다. 시래기보따리 세 개와 동생들 셋을 감당하기가 점점 어려워진다. 동생들 손을 잡고 30미터쯤 데려다놓고 다시 와서 시래기보따리를 들고 갔다. 그렇게 움직였지만 더 이상 방법이 없었다. 결국 동생들이 돌아가면서 울음을 터뜨리니 나는 눈물을 쏟으면서 시래기보따리를 모두 버려야 했다.

그런데 그게 문제가 아니었다.

시래기 줍던 일행들이 앞서 모두 떠난 것이다. 혼자 동생 셋을 데리고 밤길을 걷게 될까 봐 겁이 났다. 꼬랑지만 남은 해가 꼴딱꼴딱 넘어가고 있다. 시시각각 짙게 깔리는 어둠의 그림자가 시커멓게 다가오면서 어둑어둑해지는 낯선 길이 두렵다. 개와 늑대의 시간이 주는 오싹함을 감당해야 하는 것이다.

나는 시래기의 설렘과 절망 때문에 배고픈 것도 몰랐지만 동생들은 더 이상 참을 수 없었나 보다. 배고픔과 목마름으로 칭얼대는 울음이 막무가내 합창처럼 울려 퍼지는 것이다. 한 명이 울면 서로 내기라도 하듯 돌림노래처럼 따라서 운다. 내가 아무리 자장자장 노래를 불러도 한번 터진 울음은 멈출 수 없다. 무를 잘게 입으로 끊어서 빨아먹게 했지만 소용없었다. 큰언니는 함부로 펑펑 우는 게 아닌 줄 알았는데 그게 아니었다. 하루 종일 이곳까지 와서 아무것도 가져갈 수 없다는 것이 너무 분하고 억울한 것이다. 처음에는 시래기 때문에 눈물이 쏟아졌다. 그러다가 문득 동생들이 불쌍해졌다. 여기까지 착하게 따라와서 순하게 지금까지 잘 있어준 동생들이다. 시래기를 버리면서 순간적으로 동생들을 원망했던 것이 불쌍해서 또 가슴이 아픈 것이다.

한번 울음이 터지자 걷잡을 수 없이 폭포처럼 흘러내린다. 그렇게 한바탕 울고 나서 마침내 시래기를 모두 버렸다. 가져갔던 보자기만 챙겨 들고 천천히 걸었다. 미연이는 등에서 울다 지쳐 잠이 들었고 희연이와 시연이도 지쳐서 더 이상 울 힘이 남아 있지 않았는지 말린 시래기처럼 흐느적거리며 걷는다. 십 리 길을 힘없이 걷다 보니 등에 업은 미연이는 잠이 들어 조용해졌고, 잡은 손을 놓치지 않으려고 애를 쓰던 희연이가 자꾸 손을 놓친다. 꾸벅꾸벅 졸며 걷다가 어둑어둑 해가 졌다. 온몸에 힘이 빠지고 아무 생각도 느낌도 없는 상태가 되어 터덜터덜 집에 돌아왔을 때는 깜깜한 밤이었다. 해가 지면서 차츰차츰 날이 저물다 보니 어둠에 익숙해져서 무서운 줄도 모르고 걸어온 셈이다. 이상하다. 마음이 차분하고 무섭지도 않았다. 시래기보따리를 머리와 양손에 들었다가 하나씩 포기했던 어린 시절 그 기억은 가질 수 없는 것에 대한 체념을 뇌리에 강렬하게 심어놓았다. 손은 두 개뿐인데 더 많은 것을 가지려 든다면 눈물만 쏟을 뿐 결코 가질 수 없다는 것을.

아버지가 팔순이 지나도록 가장 좋아하는 음식 중 하나는 시래기이다.

국을 끓이거나 시래기무침이나 지짐을 하면 한두 젓가락으로 집어 먹는 것이 아니라 그것만으로 밥을 두어 사발 비울 정도니 지나칠 정도로 좋아한다. 고기반찬은 두 끼를 계속 먹지 못하지만 시래기는 날마다 먹어도 질리기는커녕 먹을수록 입맛을 돋운다. 아버지의 식성을 닮아서인지 팔남매 모두 시래기를 매우 좋아한다.

시래기가 몇 푼 하겠느냐만 사서 먹기에는 그 값도 무시할 수 없다. 한 줌에 이천 원 삼천 원 하는데 그거는 한 끼 국거리로도 부족하다.

어느 날 팔순의 아버지와 시래기 이삭줍기를 다시 시도했다.

"내가 봐둔 다깡무밭이 있는데 한번 가볼래? 허탕 친다 생각하고 한번 가보고 싶어. 느덜 엄마랑 내가 밀차로 가져오면 양도 얼마 안 되고 시내버스 타고 내리면 그게 쉬운 일이 아니라 엄두가 안 나고."

"드라이브 시켜드릴 겸 이번 주말에 저도 시간 낼게요."

시래기를 돈 내고 사먹는 건 아깝게 여겨진다. 나는 추억 만들기라는 생각으로 엄마 아버지를 모시고 단무지밭을 찾아갔다. 아버지의 예상은 정확했다. 도로에서 500미터 정도 들어간 밭이 눈에 들어왔다. 단무지밭 주변에는 쑥부쟁이도 피어 있고 억새도 한창 피어 늦가을의 정취를 돕는다. 추수가 끝난 후의 논이 붙어 있는 밭이다. 넓은 밭에 수확이 끝난 무청들이 널려 있다. 무청 한 포기가 한 손에 넘칠 만큼 푸짐하다. 구부러지거나 부러진

무도 제법 많아서 금방 두 박스가 가득 찬다. 우리가 무청을 줍고 있으니까 가족여행하는 차량들이 멈춰서 구경을 하거나, 한두 명이 내려서 따라줍기도 한다. 몇몇은 도로변에 죽 늘어선 승용차를 보고 무작정 따라내린 운전자는 가까이 왔다가 어이없는 표정으로 휙 지나친다.

자동차에 실을 수 있는 만큼 욕심껏 무청과 무를 실었다. 엄마 아버지와 야외에 나와 즐겁게 가을 정취를 맛보면서, 소중한 먹거리를 장만했으니 보람 있는 시간임에 틀림없다. 부모님 아파트까지 옮기는 것도 만만치 않은 일이라 남편을 불러냈으나, 눈만 껌벅이며 말이 없다.

시래기를 전혀 좋아하지 않는 남편은.

'웬 쓰레기를 고생스럽게 집안으로 들여온담?'

그런 표정이다. 그러거나 말거나 부모님과 나는 희희낙락 시래기 무용담 늘어놓기에 정신이 없다.

"일 년 동안 시래기만 끓여 먹어야겠네요."

"삶으면 숨죽어서 양이 엄청 줄어 얼마 안 돼야."

"약간 모자라야 맛있는 건데 이렇게 많아도 맛있을라나?"

"싱싱한 무청은 싱건지 담그고, 김장에도 넣고, 나머지는 말렸다가 두고두고 먹어야지."

"평생 먹어도 다 못 먹겠는걸?"

남편이 참다 참다 기어코 한마디 한다. 그러거나 말거나 잔뜩 쌓아놓으니 든든하고 즐겁다. 부모님께 모두 드리고 나는 무청 세 포기만 가져왔다. 생선도 굽고 고기도 볶아서 차리는 밥상에서 시래기 반찬에 젓가락이 가지 않는다는 걸 잘 알기 때문이다. 수시로 드나드는 부모님 집에서 시래기 반찬을 가져다 먹어야 맛있을 거라는 계산도 있다. 남편의 우려가 적중했다. 가져온 시래기 양은 화근이 되었다. 부모님이 삶아서 말리느라 이틀 밤낮 가스를 켰는데, 3년 동안 먹고도 남았으니.

고사리손으로 주워담았다가 버렸던, 과거의 시래기를 가져온 뿌듯함은 처치곤란의 후회스러움으로 막을 내렸다. 하지만, 과거의 시래기보따리가 지닌 자산의 가치를 일깨운 셈이다. 양손에 매달린 동생을 뿌리쳐야만 가져올 수 있었던 시래기에 대한 기억은 누추함이나 상처의 잔상이 결코 아니었다. 평생을 결핍에 시달리게 했던 시래기 세 보따리, 그것은 소유의 포만감 대신, 무한한 상상의 에너지로 가난한 유년을 빛내주었던 풍성한 그리움의 선물보따리였던 것이다.

새벽 등산

토요일 새벽 다섯 시.

눈을 뜨자마자 벌떡 일어나서 등산 채비를 한다. 주5일 근무제 시행 후 토요일 오전은 무조건 산에 오르기로 작정하고 실행에 옮기는 중이다. 만성위장병으로 늘 속이 불편해서 혹시 위암이라도 걸릴까 봐 겁이 덜컥 나서 시작한 등반이다. 오늘은 어느 산을 갈까?

부모님은 여섯 시에 만나기로 약속을 하였지만 제대로 지켜지기는 힘들다. 내가 일찍 도착하면 밥을 먹으라는 바람에 더 늦어지고, 부모님이 준비를 일찍 끝내면 내가 늦어지기도 한다.

"아버지, 오늘은 신원사에 갈까요?"

"엊그제 노인회에서 다녀왔다."

"그럼 마곡사에 갈까요?"

"춘마곡 추갑사라지만 오늘은 가을 마곡에 가보자."

일곱 시가 넘어 마곡사에 도착했으니 아뿔싸! 한발 늦은 것이다. 벌써 매표소 직원이 어슬렁거리면서 차량 차단막을 설치하고 안내판을 정돈한다. 아버지가 인사를 하면서 들어간다.

"수고 많으십니다. 공무원이 새벽부터 근무하느라 고생하십니다그려. 우리는 늙은이라 표는 안 끊어도 되고 얘는 공무원인데 쉬지도 못하고 우리 때문에 새벽같이 산에 왔답니다. 내가 표라도 끊어줘야 도리 아닙니까? 어른 표 하나 주슈."

"어르신 오늘은 그냥 들어가십시오. 다른 사람들이 있으면 안 되는데 저 혼자니까 상관없습니다. 며느린가 따님인가 부럽습니다. 산행 잘하고 돌아가십시오."

"아하하하. 이거 고맙습니다."

아버지의 호탕한 웃음소리가 태화산 자락에 퍼져나간다. 우리가 일찍 나오는 이유는 두 가지가 있는데, 입장권과 주차비를 아끼기 위한 것이 첫째 이유다. 부모님은 돈을 절약하는 것에서 아주 보람찬 즐거움을 느끼신다. 둘째 이유는 보다 실제적인데 아버지나 나나 일정이 바쁘다는 것이다. 주말 일정에 영향을 주지 않으려면 오전 중에 후딱 끝내야 하므로 부모님과 가볍

게 점심을 먹기도 하지만 대부분 그냥 헤어진다. 토요일 오후부터 일요일은 아들딸도 챙겨야 하고 남편과도 섭섭지 않게 시간을 보내야 한다.

"아버지, 다음부터는 일곱 시 이전에 도착하도록 더 서둘러야겠어요."

"나는 다섯 시면 일어나니까, 문제없는데 엄마가 동작이 느려서 잘 안 돼."

"엄마가 아침 준비하느라 힘드셔서 그렇지요. 동작이 왜 느려요? 새벽 여섯 시에 아침을 드시는 건데, 빠른 겁니다요."

"아녀, 아버지 말씀이 맞어. 나는 아침에 일어나서 아무것도 안 하고 옷만 입고 오는겨. 아버지가 저녁에 끓여놓은 국 데워서 드시고 나까지 먹으라고 퍼주는데도 나는 동작이 느려서 먹을 시간도 없어. 아버지는 어쩌면 저렇게 몸이 가볍다냐? 나는 괜히 숨이 차서 빨리 움직이면 몸이 힘들어."

엄마는 자식들 앞에서 늘 아버지를 추켜야 당신이 편안하신 듯하다. 하지만 아버지를 추켜세우는 만큼 한사코 당신을 낮추려고 해서 자식들 마음을 불편하게 하는 것이 문제이다. 하지만 어쩌겠는가? 그렇게 살아온 세월. 평생 금슬 좋은 부부였고, 이제 얼마 남지도 않은 여생인 것을.

내심 엄마가 함께 산에 와주신 것만으로 더 이상 바랄 것이 없다. 처음에는 엄마는 기대할 수가 없어서 아버지와 둘만 다니려고 했었다. 엄마는 심장수술을 한 직후라 아무리 천천히 걷는다 해도 산행이 부담스러울 수 있기 때문이다. 그런데 두 분은 떨어지지 않으려는 정과 의리가 눈물겹게 진해서 동행을 생활 원칙삼아 움직이신다.

두 분과 의기투합하여 일단 산행을 시도하였는데 엄마의 자리가 새삼 고마웠던 건 등반을 하면서 엄마보다 내가 더 힘들었기 때문이다. 30분 이상 산길을 걷는 것이 숨이 차고 몸이 천근만근 무거워 주저앉고 싶었다. 엄마를 따라 쉬엄쉬엄 오르지 않았다면 지속적인 산행은 결코 하지 못했을 것 같다. 아버지는 갑갑하다고 투덜대면서 올랐다 내려왔다를 반복하실 뿐, 보조를 맞추어 걷는 것에 인색하시다.

"엄마, 속이 아파서 치료 겸 운동을 해야 하는데 혼자서는 힘드네요. 엄마 운동할 때 따라갈까요?"

"젊은 사람끼리 다녀야 재밌지. 엄마는 운동인지 뭔지 그냥 아버지만 따라다니는겨. 엄마 아버지는 창출가루 먹어서 위장병 고쳤는데, 약 잘 먹고 있는거?"

"먹다 말다 하다 요즘 아파서 열심히 먹고 있어요. 그런데 약보다 운동이 더 좋대요. 금강변 둔치를 한 바퀴만 걸어도 속이 편안해지는데 혼자서는 안 가게 돼요."

"나도 아버지가 자꾸 끌고 다녀서 억지로 가지. 몸도 힘든데 무슨 운동이냐? 나 혼자라면 집에서 쉬는 게 더 좋다."

"아버지는 훌륭하시네요. 운동 열심히 하는 남자들이 부인까지 챙기지 않거든요. 자기 뒷바라지 시키거나, 귀찮아서 안 데리고 다니거든요."

"그런디, 아버지는 날마다 다니시지만 나는 가끔 가. 속도가 너무 느려서 남들과 같이 가면 미안하니까 아버지랑 둘이 갈 때만 가는거. 너도 우리랑 같이 다녀볼래?"

그렇게 시작한 등산에 재미를 붙였다. 공주대학교 운동장을 돌거나, 둔치를 걷는 것과 달리 지루하지 않았고 엄마 아버지와 어린 시절 이야기를 나누는 재미가 더욱 좋았다. 사실 등반이라고 말하지만 주차장 구경하고 가는 수준이다.

엄마와 나는 목표의식 없이 편하게 쉬며 앉았다가 산에 오르지만 아버지는 다르다. 자주 쉬는 걸 싫어하시고 목표지점에 도달하는 즐거움을 중요하게 여긴다. 갑사에서 남매탑까지가 1.6킬로이고, 금잔디고개가 2.3킬로인데 이 코스는 도전할 엄두도 못 냈다. 갑사 주변에서 두어 시간 걷다 내려오는 것이 전부이다. 신원사를 가면 고왕암까지가 1킬로 미만이라 여기까지 올라가는 것이 대개 무난하다. 왕복 2킬로 내외 거리를 3시간 정도 걷다가 하산하면 목표달성이다. 그나마 아버지 재촉 때문에 등반

모양새가 만들어지는 셈이니 칠십이 넘은 연세에 꼿꼿하게 산에 오르는 게 신기하다.

"아버지 정말 잘 오르시네요. 힘들지 않으세요?"

"힘들지."

"쉬엄쉬엄 오르셔야지요. 너무 무리하시는 거 아닌가요?"

"힘들지 않으려면 집에 있지 뭐하러 산에 오냐?"

"엄마는 체력이 약하니까 무리하면 큰일 나요. 등산이고 운동이고 바른 자세로 하는 사람이 드물대요. 대부분 사람들이 잘못된 자세로 운동하다가 더 병을 만든대요."

"나는 몸도 약하지만 산에 열심히 오르고 싶은 맘이 없는데 니아부지는 이상하다. 뭐든지 하겠다고 한번 정하면 죽을 힘을 다하는겨. 끝까지 올라간다고 누가 상을 주냐? 돈을 주냐? 어쨌든 내가 힘들어서 못 가면 아래에서라도 기다리고 있어야 햐. 아버지는 끝까지 가야 하니까."

엄마는 젊었을 때도 그랬다. 도로 내려올 텐데 왜 힘들게 올라가느냐는 것이다. 속리산 놀이에서도 그랬다. 대단한 경치라도 있는 줄 알고 사람들 따라 힘들게 산 정상에 올랐더니 나무하고 돌 이외 아무것도 없더라는 거다. 겨우 '야호' 몇 번 하고 내려오려고 힘들게 올라갔나 싶어 이후는 단체로 놀러갔다가 등반을 하면 힘들게 안 올라가고 중턱쯤에서 편히 쉬다 온다고 그랬었다.

"아버지처럼 열심히 사는 게 멋있는 거 같아요. 엄마도 그래서 아버지를 좋아하신 거잖아요?"

"좋아하고 말고가 어디 있니? 그냥 사는 거지. 하긴 맺고 끊는 것 없이 흐지부지한 사람들보다야 낫고말고. 아버지는 책임감 강하고 가족 위할 줄 알고 열심히 사셨어."

"아녀유. 엄마가 뒷바라지 잘해서 아버지가 해내신 거예요."

"그려. 당신이 더 훌륭한겨."

아버지 말씀에 웃음을 터뜨리며 사찰을 바라본다. 마곡사는 산 전체가 완만하여 걷기에 부담이 없다. 매표소에서 절에 이르는 길까지가 넓고 웅장해서 대웅전에 들어가 참배를 올리다보면 더 올라야 할 곳이 안 보인다. 백련암까지 1.8킬로인데도 걸을만하다. 내려오면서 늦은 아침을 먹고 산행 나온 가족을 만나면 아버지는 매우 흡족해하신다. 아침시간을 젊은이 못지않게 잘 보냈다는 위안이다.

"어르신 부지런하십니다. 벌써 산을 한바퀴 돌고 오셨나요?"

"백련암까지만 올라갔다가 내려갑니다."

"백련암까지 가려면 얼마나 걸릴까요?"

"젊은이 걸음으로 한 시간이면 갑니다."

"고맙습니다. 안녕히 가십시오."

어느새 주차장이 보인다. 오늘은 헤어짐을 서두르지 않아도 된다. 아들과 딸은 기숙사에서 나오지 않는 날이고 남편은 동창생 자혼 예식장에 가면 술독에 빠졌다가 밤늦게나 등장할 것이다.

"오늘은 점심까지 하고 헤어질까요?"

"아녀, 너도 집에 가서 강서방 밥해 줘야지."

"강서방은 점심에 예식장에 간다고 했어요. 아버지 올갱이국 좋아하시잖아요. 마곡사 올갱이국 한번 잡숴 보셔요."

"우리야 좋지만 너는 빨리 집에 들어가야 아침시간 일 못한 거 보충하지. 직장인은 주말에 준비를 튼튼히 해놔야 된다드라. 왔다갔다 기름 값만 해도 큰 돈인데 뭔 점심을 사먹어."

"예, 밥만 먹고 빨리 가면 돼요."

"그래? 그럼 오늘 점심은 아버지가 산다. 자, 마곡사 올갱이국 맛 좀 보자."

그날 아버지는 백두산, 금강산을 가야 진짜라고 하셨다. 나는 백두산, 금강산을 특별한 감정으로 생각해본 적이 없는데 아버지의 그 '진짜'라는 말이 오래도록 내 마음에 남았나 보다. 그로부터 얼마 후, 금강산 여행이 허용되었고, 나는 만사를 제치고 부모님을 모시고 진짜로 금강산에 다녀오게 된 것이다. 백두산은 중국을 통하여 갈 수밖에 없어서 중국여행을 권해드렸더니 그건 '진짜'가 아니라 싫다고 하셨다. 아버지는 큰 의미 없이 하신 말씀이지만 그때부터 나는 '진짜 백두산 여행'을 가슴에 품게 되었다.

금강산 구룡폭포
구름다리를 걷다

"어르신, 여기는 높은 곳이라 위험합니다. 조심하십시오. 연세가 어떻게 되시나요?"

"올해 일흔둘이요."

"보기보다 연세가 많으시네요. 참 장하십니다. 금강산 정기 받고 만수무강하십시오."

"예, 감사합니다."

"이 구름다리 사상 최고령 어르신 같은데 축하드립니다."

2006년, 금강산 최고봉 해발 1500미터 구름다리 위에서 만난 사람들은 젊고 발랄했다. 외국인이 많이 있었는데 예순 살 이상 노인네가 드물었으니 부모님을 보고 많은 사람들이 놀라워하는 건 당연하다.

'아, 저 연세에 금강산 구름다리를 건너다니.'

그런 감탄의 시선을 받으며 부모님은 최고의 컨디션으로 금강산 등반을 강행하셨다.

2박 3일 일정에서 첫째 날은 높은 곳까지 차로 드라이브를 하면서 금강산 주변을 산책했다. 둘째 날은 금강산 등반 코스(구룡폭포)와 해금강 코스로 나누어 선택해야 했는데 등반코스가 무리가 될 것 같아서 처음에는 많이 망설였었다.

"아버지, 쉬운 코스로 가셔요. 굳이 구룡폭포까지 가지 않아도 되잖아요. 저는 고소공포증이 있어서 어지러울 것 같아요."

"너는 힘들면 다른 데로 가라. 나는 여기까지 왔는데 금강산 일만이천 봉우리를 만나봐야지. 다른 데는 안 간다. 이래 봬도 끄떡없으니 내 걱정은 마라."

"아버지만 혼자 가시게 할 수는 없고, 함께 가는 게 좋은데…… 엄마! 어쩌지요? 아버지는 구룡폭포 등산을 하시겠다는데 엄마는 무리일 거 같아요."

"아버지가 금강산 백두산 노래를 얼마나 하셨는지 아니? 여기까지 왔는데 나도 아버지 따라가야지. 너는 힘들면 애들하고 따로 가라. 우리는 걱정할 거 없다. 안내하는 사람도 있고."

"그럼 주현아, 우리 용기를 내서 함께 금강산 등반을 하는 게
어떨까?"

"하늘이가 고소공포증 때문에 높은 데는 못 올라간대요."

"그럼, 두 팀으로 나누자. 엄마는 할아버지 할머니 모시고 갈
게, 주현이가 하늘이랑 둘이 따로 갈 수 있겠어?

"예, 걱정 마세요."

"너는 너무 씩씩해서 걱정이지. 그래도 남한에서처럼 개별 행
동하면 큰일 나는 거 알지?"

"하나도 안 무서워요. 남한보다 더 친절하고 좋은데요. 나쁜
사람들은 없겠지요? 인신매매범도 없고요"

"무서워해야 해! 여기는 국민들이 모두 단체생활을 하는 곳이
라 우리나라와는 좀 달라. 지도원 선생님 말씀대로 하고, 선생님
뒤만 바짝 쫓아다녀야 해. 명심해!"

북한이란 곳이 그렇게 낯설고 두렵게 다가왔다. 전화연락도
할 수 없고, 아직 어린 딸과 조카의 안위가 걱정되는 것이다. 함
께 동행할 때는 북한에 왔어도 아무런 부담이 없었다. 올 때는
버스로 민통선을 통과하는데 너무 쉬워서 억울한 심정까지 들
었다. 이렇게 쉬운 길인데 지난한 세월 벽을 쌓고 철조망을 치고
경계의 눈빛을 번득였다는 사실이 믿기 어려울 정도였다. 그뿐

이 아니다. 북한 사투리가 정겹고 모든 사람에게 붙이는 선생님이란 호칭이 품격이 있어서 좋아보였다.

그런데 갑자기 딸과 조카를 떼놓고 따로 행동한다는 것이 부담스럽게 느껴지면서 나는 북한이 가깝지만 먼 나라임을 새삼 실감하고 있었다. 점심만 따로 먹고 저녁시간에 만나는 것임에도 여러 가지 걸리는 것이 많았다. 주현이는 호기심 많은 성격 때문에 우려스럽기도 했다. 역시 여행은 가족이랑 다니는 게 아닌데…… 딸자식 걱정하랴, 부모님 챙기랴 갑자기 마음이 무겁고 머리가 지끈거리면서 불평이 올라오는 걸 억누르며 아버지 뒤를 따랐다.

금강산 여행을 신청할 때 부모님과 동행할 수 있어서 얼마나 행복했는지 몰랐다. 남편과 아들이 빠져서 서운했지만 이제 중학생이 되는 딸아이와 조카까지 데리고 갈 수 있어서 통일의 실감을 미리 맛보는 듯 황홀한 기분이었다.

그런데 막상 가족이 두 군데로 갈라지게 되고 연로하신 아버지와 높은 산행코스를 감행하려니 불안한 것이다. 북측안내 지도원도 우리 일행이 의견이 분분한 걸 지켜보면서 아버지에게 해금강 코스를 권유한다.

"아버님, 해금강 코스도 매우 좋습니다. 금강산은 여기가 해발 800미터니까 다 온 거나 마찬가지고 직접 등반은 힘들어하셔서 어르신들은 구름다리는 잘 안 가십니다."

"하, 내가 못 갈 것처럼 보이나요?"

"아닙니다. 아버님 건강해 보이십니다."

"이래 뵈도 남한에 있는 산은 안 가본 데 없이 다닌 사람이요. 속리산, 계룡산, 내장산, 설악산 남한에 있는 구름다리 다 가본 사람이요. 그런데 금강산까지 와서 구룡폭포를 코앞에 두고 돌아가라구? 말 같은 소리를 해야지. 에미야, 간다, 못 간다, 겁쟁이 소리 그만 하고 너는 애들 데리고 어여, 저리 가라. 애가 학교 선생이라 이렇게 겁이 많답니다."

그 와중에도 아버지는 당신의 딸이 교사라는 점을 강조하신다.

"제가 아버님 모시고 갈 테니까 따님은 걱정 마십시오."

"나는 금강산 구룡폭포를 꼭 가야 한다. 나 혼자도 갈 수 있으니까 괜한 걱정 마라."

두 코스 모두 포기하고 싶지 않다. 금강산 등산코스도 좋지만, 해금강은 새로운 곳이라 그쪽도 가고 싶은 도정이다. 엄마와 나는 양쪽으로 흔들리는 마음으로 상대방에 맞추는 편인데 아버지는 무조건 당신의 뜻만 내세우신다. 연로하신 아버지가 괜찮다는데 어쩌겠는가? 엄마와 나는 아버지 뜻을 따르는 것으로 상황을 정리할 수밖에 없었다.

첫 번째 구름다리 코스까지 4킬로를 걷는데도 나는 힘들어서

허덕거렸다. 어느 순간부터 부모님과 나의 거리가 점차 벌어졌으니 완전 역전 상황이 된 것이다. 부모님은 두 분 서로 보조를 맞추어 앞서 걸었고 나는 뒤떨어져서 따라가기에 급급했다.

"아버지, 천천히 가세요. 넘어지거나 쓰러지면 어쩌시려구요. 제가 무사히 모시고 가야 하는데 겁나네요."

"걱정마라, 내가 여기 금강산에서는 절대 안 쓰러진다. 금강산에도 왔으니, 이제 죽기 전에 백두산만 가보면 나는 더 이상 여한이 없다."

아버지의 감개무량한 모습은 내 가슴까지 감격으로 벅차오르게 한다. 누가 보면 실향민의 향수와 연관 지을 상황이지만 전혀 아니다. 아버지는 북한에 어떤 연고도 없고 오히려 극우보수적인 정치성향을 지닌 분인데 오로지 금강산 백두산이 지닌 명성과 그 신령스러움을 간절하게 사모하는 마음을 지녔을 뿐이다. 이럴 때 감격과 기쁨을 전염시키는 아버지 특유의 생동감이 주변을 사로잡는 것이다.

임꺽정이 백두산에 들어가서 운총을 만나 사랑을 했던 그 백두대간의 기운이 이런 걸까 싶게 속계의 때 묻은 갈등과 번뇌를 씻어버리는 도의 기운을 금강산에서도 받을 수 있었다. 눈앞에 금강산을 바라보노라니 땅의 기운, 산의 기운이 확연히 다름을 절실히 느낄 수 있다. 통일이라는 민족의 화두를 내가 조금이라도 감당해야겠다는 턱없는 생각조차 몸속에 스며드는 신선한 공기처럼 자연스럽다.

"아버지 등산 실력이면, 백두산도 거뜬히 가시겠네요."

내가 걱정했던 아버지와 엄마는 그렇게 가벼운 몸으로 산도 오르고, 구름다리도 건넌다. 금강산 일만이천 봉우리가 가장 잘 보일 수 있는 곳에 다리를 놓아 이동할 수 있게 설치한 구름다리를 오를 때는 다리가 후들후들 떨리고 온몸이 긴장으로 얼어붙었다. 아래를 내려다보면 내가 서 있는 위치가 해발 1500미터라는 것이 실감난다. 까마득하게 내려다보이는 골짜기와 물빛이 가물가물하다. 우리가 서 있는 위치보다 아래의 산봉우리에도 구름이 휘감고 있는 풍광이 신비롭기만 하다.

통일을 염원하는 기운은 정치적인 것과 무관하며 단지 금강산의 깨끗함, 고요함, 순결함 그 자체를 마음에 담고 싶을 뿐이다. 국토 예찬을 쓴 작가들의 심정에 그렇게 동참할 수 있을 것 같았다. 그런데 이상하다. 그 아름다운 산 전체에 우리 관광객 200여 명을 제외하고 단 한 명도 북한 주민이 없다는 사실은 분명히 남한과 다른 사회라는 것을 의미한다. 소수의 특별히 자유로운 사고가 왕성한 사람을 제외하면 대부분의 사람들은 늘 그 사회 시스템에 적응하며 살아간다. 그러면서 북한주민이 아니어서 다행이라는 생각이 교차한다. 아무튼 뜻밖에도 이번 금강산 여행은 부모님 덕을 톡톡히 보았다. 아버지가 강행한 등반으로 인해 일만이천 봉우리의 실체를 유쾌함으로 체험할 수 있었던 것이다.

다시 오겠다고 철석같이 약속을 했지만 나는 그 약속을 지킬 수 없었다. 금강산 여행은 '2008년 관광객 피격사건' 이후 전면 금지되었기 때문이다. 백옥같이 하얀 산의 자태에서 명산의 위용을 유감없이 드러내며 뿜어 나오던 생명의 기운이 그립다. 국광 사과를 팔던 붉은 볼의 건강한 시골아가씨 그 풋풋한 아름다움을 다시 만나고 싶다.

선물로 먹는
올갱이국

남편은 결혼 후 이상한 음식을 많이 먹게 되었다고 입버릇처럼 말한다. 나는 고2 때 처음 바다 구경을 했는데 남편은 서산 갯마을 출신이다. 아버지의 고향이 청천 화양계곡이라 어렸을 때부터 최고의 음식이 빠가사리 매운탕이고 올갱이국이었다. 그런데 서산 시댁에서는 꽃게가 빠지면 아무리 잘 차려도 밥상이 허술하다고 여긴다. 그뿐인가? 잔치가 벌어지면 어리굴젓은 기본반찬이고 계절에 따라 갑오징어, 실치, 소라, 꼬막, 주꾸미, 우럭, 낙지, 대하가 등장한다. 사진으로 보거나 수족관에서 구경하는 것으로 여겼던 실물을 대하는 것이 신기했고 그 귀한 물건을 음식으로 차려먹는 것이 황송스러웠다.

그런 나와 달리 남편은 친정에서 즐기는 상추겉절이, 시래기국, 씀바귀나물 같은 음식을 낯설어하고 기피했는데 올갱이국은 특히 심했다. 남편은 원래 생김과 어울리지 않게 번데기도 못 먹고 낯가림을 많이 하는데 사람뿐 아니라 음식은 더 심하다. 지금은 상갓집에 가면 육개장 대신 나오는 평범한 음식이 되었지만 결혼 초만 해도 올갱이국을 모르는 사람이 많았다. 올갱이라는 말은 다슬기의 사투리로 갯고동이라 부르기도 하는데 바다고동과 혼동하는 경우가 많다. 남편은 처음에 올갱이국을 먹을 때는 국물만 조금 입에 댈 뿐 올갱이를 씹지 못했다. 음식문화에 있어서 남편과 나 사이에는 올갱이국과 꽃게탕의 차이만큼 좁혀지지 않는 거리가 존재했다. 개울가와 바닷가의 차이가, 물이라는 상생의 교합지점을 찾기까지 오랜 세월이 필요했다.

"올갱이국 끓였는데 먹으러 와라."

결혼 후 친정 부모님께 받는 최고의 반가운 선물이다. 올갱이국을 먹어서가 아니라 두 분이 무고하게 잘 지내고 계시다는 징표이기 때문이다. 올갱이국을 끓일 만치 물질이나 마음이 여유롭다는 의미로 해석할 수도 있어 이 선물을 받으면 기운이 난다. 특히 두 분의 합작으로 이루어지기에 그 맛이 더욱 각별한지 모르겠다. 올갱이국 역시 끓이는 방법이나 부재료에 따라 천양지차 맛이 다르다.

먼저 올갱이를 물에 넣어 하룻밤 해금해서 된장을 푼 물에 푹 삶는다. 토종 올갱이는 깨끗한 물에서만 살지만 요즘 올갱이는 아무 데서나 왕성하게 번식한다. 직접 잡아온 것이 아니면 태생을 구분하는 것이 거의 불가능하다. 짙은 까만색 올갱이보다 옅은 색으로 갈색 무늬가 있는 것이 맑은 물에서 사는 것과 차이가 있다지만 육안으로 보면 그게 그거다. 하지만 아버지는 청주 육거리시장이나, 청천에서 사는 올갱이는 무조건 진짜배기라 인정하는 단순우직함이 있다.

올갱이를 삶으면 파란 국물이 우러난다. 아버지는 파란색이 짙게 우러날수록 진짜배기라 감탄하신다. 삶은 올갱이를 건져서 바늘로 속살을 빼야 하는데 이쑤시개를 사용하면 간편하다. 부드럽게 빼야 몸체가 미끄러지듯이 손상 없이 나온다. 힘을 주거나, 서두르면 몸체의 일부가 부러지거나 으깨지기 때문에 고도의 기술이 필요하다. 부모님은 달인의 솜씨로 하나씩 속살을 빼서 그릇에 담는다. 나는 어렸을 때부터 올갱이 속살을 빼는 일을 많이 했다. 서너 명이 둘러앉아 서너 시간을 해야 한 대접의 올갱이 속살이 찬다.

할머니 눈총을 받으며 올갱이 속살을 몰래 먹었던 고소하고 쌉쌀한 맛은, 지금 먹어도 비슷하다. 배가 부르는 것도 아니고,

맛있다고 하기에 2프로 부족한 떨떠름한 맛이다. 하지만 국을 끓여먹으면 이 떫고 쌉싸름한 맛이 된장과 어우러지고 야채 국물 맛이 더해지면서 2프로 넘치는 완벽한 맛으로 변신한다.

올갱이 살을 큰 냄비에 담아 들기름을 부어 적당히 볶는다. 이렇게 해야 짙은 파란색 즙이 우러나오고 살의 몸체도 단단하게 모양새를 유지한다. 한소끔 볶은 후에 올갱이 삶아낸 물을 붓고 끓이다가 제철 야채를 넣는데, 아버지는 아욱이나 근대를 최고로 친다. 가끔 들깨가루를 풀기도 한다. 된장으로 간을 하고 마늘은 많이 넣되, 심심하고 구수한 맛이 우러나야지 맵게 하면 안 된다는 것이 아버지의 지론이다. 할머니 생전에 심심하게 드실 수 있게 끓여드렸기 때문일 것이다.

할머니 입맛이 아버지의 입맛이 되었고 엄마는 물론 나도 이에 길들여져, 음식점에서 먹을 때, 이 맛을 기준으로 진짜배기 맛을 판단한다. 대개 올갱이국은 곰국처럼 큰 솥 가득 끓여놓고 이삼 일 다른 반찬 없이도 먹을 수 있어 공들여 마련할 만하다. 예전 열두어 명이 한 집에 살 때 먹을 분량을 끓이지만 남아 있는 식구가 셋뿐이기 때문이다. 부모님은 올갱이국을 다 먹을 때까지 내가 다녀가지 않으면 많이 서운해하신다. 아무리 사양해도 소용없다.

자식들과 한 그릇씩 나눠먹어야 진짜배기 맛이 완성되는 것인가. 나는 내 손으로 올갱이국을 한 번도 끓여드리지 못하고 아직도 부모님께 얻어먹고 있다. 부모님과 청주 육거리시장을 가는 일도 쉽지 않아서 청정지역 지리산 생다슬기를 택배로 보내드릴 뿐이다.

세상에서
가장 맛있는 고등어조림

아버지는 그날 팔지 못한 생선은 일단 소금물에 담가 놓은 후 다음날 시간이 날 때마다, 그 소금물에서 한 마리씩 생선을 꺼내 다듬는다. 먼저 생선의 배를 갈라서 내장을 꺼내 버렸는데 가장 먼저 썩는 부분이 내장이기 때문이다. 내장이 있던 자리에 소금을 가득 채운다. 그렇게 절인 생선은 반값으로 흥정하지만 그나마 잘 팔리지 않았다. 날마다 물좋은 생선이 나왔고 절임생선은 애물단지였다. 절임생선을 사가는 경우는 반찬값을 아끼기 위함인데 간혹 짭짤하고 썩음썩음한 특별한 미각을 즐기기 위함인 경우도 없지는 않았다. 동태찌개를 할 때, 절임동태를 사용하면, 살이 단단하여 흩어지지 않고, 짭짤한 맛이 깔끔한 뒷맛으로 마무리되는 별미를 아는 사람은 지금도 드물다.

엄마는 외할머니 제사가 있는 여름철 친정을 방문했다. 친정에 가지고 가는 것은 가게에서 팔다 남은 절임생선들과 미역쪼가리였다. 겨우내 모아놓았던 것이다. 버리는 것이나 진배없는 것들을 주섬주섬 싼 보따리를 펼쳐놓으면 외할아버지 웃음과 덕담으로 입이 다물어지지 않는다.

"뭐, 이렇게 번번이 신세만 지고 어쩌나, 우리는 아무것도 줄 게 없는데⋯⋯."

짜투리 미역과 소금에 쩐 생선은 집에서는 하찮은 것인데 외가에서는 보물단지 대접을 받는다는 것이 이상했다. 존재의 가치가 사람이나 장소에 따라서 달라질 수 있다는 것을 처음 발견한 순간이다.

충북 미원면의 샛강 근처 외가에는 엄마와 배가 다른 외삼촌, 이모 둘이 의좋게 살았다. 논만 다섯 마지기가 있는 외가는 살림은 넉넉하지 못했지만 한가로웠다. 마루에 쌓아놓은 쌀가마니가 살림밑천 전부였으며 꼭 필요한 물품이 있으면 쌀을 내다 팔아야 했다. 외가에서 먹은 별식은 옥수수와 감자, 튀밥이 전부였다. 반찬은, 쌀밥에 김치와 된장이 전부였고 콩나물을 길러서 무쳐먹기도 했다.

도회지에서 어린이 손님이 왔다고 강에서 잡아온 민물고기 조림을 옆집에서 가져온 적이 있었는데 냄새가 이상해서 나와 내 동생들은 숟가락도 대지 못했다. 강이 넓고 깨끗해 외가에 갈 때마다 종일 물가에서 헤엄치며 놀다 지치면 물고기를 잡았다. 민물고기를 잡아서 지짐을 해먹기도 했지만 밥상에 올려놓고 반찬으로 먹는 경우는 드물었고 어른들의 술안주나 야참으로 시식했던 것 같다. 그때 그곳에서는 깨끗하고 싱싱한 민물고기가 지천이었기에 오히려 썩음썩음한 절임생선이 더 귀한 대접을 받았나 보다.

세상에서 가장 맛있는 고등어조림은 어떤 맛일까?

맛이란 단어 자체가 주관적이므로 '세상에서 가장 뛰어난 맛' 같은 것은 허구일 수도 있다. 하지만 듣는 것만으로 느낄 수 있는 상상의 맛은 어떨까? 어떤 경우는 맛있는 이야기를 듣는 것만으로 최고의 맛을 체험한 행복을 느낄 수도 있다. 아버지의 음식 이야기는 그렇게 '캔디'나 '홍길동'을 실존 친구보다 좋아하듯이 실존 음식보다 더 친근하고 정겹게 미각을 돋운다.

아버지의 기억에 의존한다면, 세상에서 가장 맛있는 고등어 조림 요리사는 외할아버지였다. 외할머니는 비린 것을 입에 대지 못하셨고 비위가 약해 생선요리는 외할아버지 몫이었다. 외할아버지는 한여름 숯불을 피워 간절이 고등어 한 토막에 투가리 가득 감자, 풋고추, 마늘을 채워 부채를 부쳐 보글보글 고등어조림을 만들었다. 간절이 고등어가 워낙 소금덩어리인지라 부재료가 많아야 간이 맞았을 것이다. 외할머니는 얼굴을 찡그리시며 못마땅해하셨지만 마당 가득 피어오르는 썩음썩음한 고등어 냄새의 구수하고 짭짤한 맛, 보리밥 위에 올려먹는 그 설렘의 비린 맛은 중독성이 강했다. 그 황홀한 기억의 맛을 재현하는 것은 불가능하다. 썩음썩음한 생선이 귀한 대접을 받았던 시절의 맛이었을 뿐이다. 온갖 야채와 숯불과 투가리가 합작으로 빚어낸 맛이며 무엇보다 할아버지의 간절한 입맛으로 살아난 맛이었던 것은 분명하다.

외할아버지의 고등어조림을 생각하면, 음식의 맛을 창출하는 힘이 무엇인지 조금은 알 것 같다. 불편과 수고로움을 감수하고라도 먹는 기쁨을 누리고 싶다는 간절한 입맛이 스스로 감동의 맛을 만들어내는 힘이 된다. 맛있게 먹을 수 있는 적절한 허기란 빈 그릇 같은 것이다. 속이 비어 있어야 맛있게 채울 자리가 생기지만 먹거리가 흔해빠진 요즘 먹는 사람 스스로 입맛을 키우기가 쉽지 않다.

아버지의 해설은 역시 믿거나 말거나이다.

"장인어른이 투가리에 간절이 고등어 꼭 한 토막씩만 넣고 야채를 가득 넣어 부채를 살살 부치면서 끓이는디, 야, 그 고등어조림은 둘이 먹다 하나가 죽어도 모를 맛이여, 온 동네에 썩음썩음한 냄새를 풍기면 하나둘 밥그릇만 들고 모인다니께. 그거 한 숟갈 얻어먹겠다고 말이여…… 하긴 생선이 귀한 시절이었지, 어쨌든 장인어른이 끓인 고등어조림, 참 기똥차게 맛있었는데."

되로 배워서
말로 풀어먹는 사람

아버지는 '배움의 한'을 평생 가슴에 품고 사셨다.

학벌에 대한 자각 이후 아버지가 할 수 있는 최선의 선택은 못 배운 서러움을 자식에게 되물림하지 않겠다는 결심이었고, 그래서 당신의 교육열은 우골탑처럼 서러웠다. 팔아야 할 소도 논도 물려받지 못한 아버지는 당신의 몸뚱이를 통째로 바치는 수밖에 없었으리라.

아버지는 학교에 내는 돈은 무조건 공납금이라고 불렀다. 공납금은 그 명칭이 수도 없이 바뀌었다. 초등학교 시절에는 한 달에 한 번씩 냈던, 기성회비, 육성회비도 공납금이라 불렀고 중고등학교 다닐 때 일 년에 네 번 부과되었던 등록금도 공납금이라 불렀던 것 같다. 그러면서 아버지는 학교에 내야 하는 돈이라면 온갖 잡부금까지 아무런 토를 달지 않았고 하루도 날짜를 미루지 않았다. 이왕 낼 돈인데 하루라도 빨리 납부해야 자식의 체면이 존중된다는 것을 배려했고, 그렇게 하는 것이 당신의 자존심이었기 때문이다.

덕분에 나는 철이 들기 전까지는 학교생활이 마냥 행복했다. 성격이 화통하면서 수더분해 가리지 않고 친구를 사귀었고, 특히 말을 잘해 주변을 즐겁게 해서 인기가 좋았다. 초등학교 때는 또래 애들보다 덩치가 큰 편이어서 여자애들은 나를 대장삼아 의지했다. 남자애들이 고무줄을 끊으면 쫓아가서 해결해주고, 우는 친구를 달래주거나, 자초지종을 듣고 해결사 역할도 자처했다.

어려운 집안 사정을 인식하게 된 것은 중학교 때부터이다. 그런데 그 자각이 의지를 키우기보다, 자신감 결여와 자포자기 심정으로 치달았다. 급기야 가난한 부모를 원망하는 마음까지 키우고 있었다. 학교에서는 모범생처럼 살았지만, 점차 바깥으로 나돌기 시작했다. 학교에 있을 때만 행복했던 것은 집안을 벗어나면 잔소리를 듣지 않고 일에서 자유롭기 때문이다. 자유의 달콤함은 한번 맛보면 그 중독에서 빠져나오기 어렵다. 하지만 내가 누린 자유는 가난한 가족을 팽개친 채 나만을 위한 달콤함이었기에 죄의식의 대가를 요구했다.

동시에 아버지의 교육열이 족쇄가 되어 내 몸을 칭칭 감고 있을 즈음이다. 그럴수록 집에서는 선머슴에 덜렁뱅이로 아무짝에도 쓸모없는 기집애가 되었다. 그 즈음 공감대를 지녔던 가난한 친구들 역시 비슷한 고민에 휩싸였다. 학비를 타내는 일이 죽기보다 싫다던 친구 순이는 초등학교 졸업 후 성냥공장 월급쟁이 소녀가 되었다. 고등학교는 가서 뭐하겠냐며 영숙이는 방직공장에서 실을 감았으며, 정혜는 일찌감치 버스차장이 되었다.

가난한 집 여자가 교육을 받는다는 것은 부모님이 겪는 육체노동의 고통을 분담하고, 사회적 약자에 행해지는 온갖 수모를 함께 감수해야만 한다. 어깃장을 부리며 행패를 일삼는 가게 손님에게 굽실대는 부모님에게 '왜 저렇게 사나' 울화가 치솟기도 했다. 이런 상황에서 내가 고등학교에 입학한 것은 순전히 아버지의 교육열 덕택이다. 아버지는 나의 성적하락, 용돈횡령, 가출, 건망증으로 인한 체육복 분실, 유행에 따른 나팔바지 교복까지…… 이 모든 일탈에 싫은 소리를 하신 적이 없었다.

아버지는 나의 충남여고 입학식에 참석하시고 깊은 감명을 받으셨다.

"내가, 사대부고, 서울대학교 입학식, 졸업식에 참석해봤지만 충남여고 입학식만큼 근사한 구경은 처음 봤어. 어마어마하게 큰 강당에 들어서는데, 이층 삼층에 꽉 들어 찬 학생들이 환영의 박수를 치는데 야, 그런 황홀함은 내 생전 처음이자 마지막이여. 역시 충남여고라 다르더라. 암, 충남을 대표하는 학교니 말하믄 뭐혀."

아버지는 자식이 다니는 학교가 가장 좋은 학교라고 단정했으므로 틈만 나면 입에 침이 마르게 칭찬했다. 중학교 때까지 나는 공부를 꽤 잘하는 축에 속했고, 늘 내 성적에 만족했고 더 이상 성적을 올려야 한다는 생각을 해보지 않았으니 그 근원지가 아버지였다. 행복한 '우물 안 개구리'였다.

고교입시 때, 같은 학교를 지망하는 아이들이 여섯 명이 있어서 하루 전에 함께 숙박을 하기로 하였다. 얼결에 그 무리에 합류해서 시험을 보러 갔는데, 시험 전날 수험생 친구들이 산더미처럼 책을 쌓아놓고 마무리 공부를 하는 동안 나는 옆에서 소설책을 읽기도 하고, 틈틈이 친구에게 편지를 썼다. 시험 전날 공부하는 시스템을 몰랐기 때문이다. 시험 준비에 대한 불안감이나 강박관념은 전혀 없었다. 평소에도 숙제를 제외하고, 집에서 공부를 해본 적이 없었고, 그럴 시간도 없었다. 집에 오면 동생 돌보랴, 가게 보랴, 집안일 하랴 늘 바쁘기만 했다. 방학 때는 복숭아 과수원 일을 하러 다녀야 했다. 겨울방학이 조금 여유가 있었는데 아버지와 엄마가 오일장을 다니셨기 때문에 남은 식구들 밥 챙기고 손빨래까지 하느라 하루가 짧기만 했다.

아버지는 자식들의 공부에 대해 단 한 마디도 성화를 해본 적이 없다. 칭찬도, 질책도 들어본 기억이 없다. 술에 취하면 과도하게 자식자랑을 하는 게 문제였을 뿐이다. 좌우지간 당신 자식은 모두 1등이었으니 절대적인 지지와, 만족 이것이 당신의 교육 방식이었다. '공부해라' 소리를 들어본 적은 단 한 번도 없다.

"공부는 학교에서만 하는 것이고, 집에서는 일을 해야 한다."

그것이 아버지의 지론이었다. 과묵하고 무뚝뚝한 성품이나 자식은 늘 과대평가를 하며 자랑스러워하셨다. 간혹 '공부 너무 많이 하지 마라' 는 아버지가 원망스러웠던 적도 있었다. 하지만 아버지의 교육열에 이끌리면서 나의 목표는 자랑스러운 자식이 되는 것이었고, 또 그렇게 될 것이라는데 한 치의 의심도 없었다.

그러나 학창시절 성적부진과 고만고만한 청소년 일탈로 아버지에게 부끄러웠던 것처럼 성인이 되어도 죄인 같은 심정에서 벗어날 수 없었다. 내가 유명인사가 되었거나 돈을 많이 벌었다면 당당할 수 있었을까? '자랑스러운 자식이 된다는 것'이 무엇인지 그 깨달음이 결코 쉬운 일은 아니었다. 아버지를 위해 무엇을 해드리는 것이 아니라 떳떳하게 세상과 맞서야 한다는 결론을 내리니 비로소 마음이 놓인다. 세상과 맞설 수 있는 힘을 키우기 위해 이후 그 부끄러움은 내면으로 파고들어 진정한 공부의 길로 이끄는 힘이 되었기 때문이다. 최고가 되거나 이기지 않아도 되는 것이다. 내 몫의 힘을 보태면 될 뿐이다. 아버지의 교육열이 심장으로 파고들어 불꽃이 되는 순간이었다.

이제 아버지는 할아버지가 되었다.

아버지는 더 이상 울타리가 아니고, 넘어야 할 산도 아니다. 보호해드려야 할 아기처럼 유순해지셨다. 다섯 살 연하인 엄마의 보살핌을 받으며 서로를 의지하면서 오순도순 살아가시는 풍경이 아름답고 눈물겹다.

유년 시절, 부모님의 거친 대화, 내 눈에 비친 아버지의 우격다짐, 엄마의 한숨을 가정불화로만 이해한 것은 짧은 소견이었음을 안다. 불화와 화목 사이에 촘촘하게 박혀있는 다양한 감정의 잔물결들을 흑백으로 단순화시킨 판단을 이제야 반성한다. 세상과 맞서는 과정에서 표출된 진한 감정 표현들을 온실의 적정 온도를 기준 삼은 편협함이 안타까울 뿐이다. 팔남매와 할머니, 이모와 외할머니, 외삼촌 내외와 합가한 대가족 살림에서 희

272

로애락들이 어찌 순조롭기만 했겠는가?

지금 두 분은 노래교실, 노인학교를 같이 다니신다. 아버지는 칠순이 넘어서야 겨우 복숭아 과수원 노동에서 벗어났고 동시에 생활비를 벌지 않아도 되었다. 행정수도 보상비가 나오면서 학비나, 쌀 걱정 없이 노년을 살 수 있다는 것을 축복 삼아 당신의 교육은 지금부터 시작이라 여기시는 듯하다. '교실', '학교'라는 이름에 큰 의미를 부여하면서 노래교실, 노인학교에 무결석으로 만학도의 열정을 불태우신다.

그러나 무엇보다 변화가 큰 것은 아버지 품을 벗어난 자식들이었다. 아버지는 교육의 힘으로 자식들이 당신보다 밝은 세상에서 살아가리라 철석같이 믿었으리라. 그랬다. 아버지는 졸업장만 있었으면 당신의 삶이 몇 단계 높은 수준으로 상승할 수 있었으리라 믿었기에 교육받지 못한 천추의 한을 품었던 것이다. 그래서일까? 최고학부의 졸업장을 가지고도 힘들게 살아가는 피붙이들을 바라보는 아버지의 얼굴에, 설핏 오래 감춘 고독한 표정이 어른거린다.

당신의 삶에 대해 어떤 평가를 내릴까 문득 궁금해진다.

아버지는 자신의 생각을 말로 정리해서 말씀하지는 못하신다. 당연히 자식들에 대해 어떤 적극적인 의견을 개진한 적도 없었다. 말로 표현하지 못하는 생각이나 의견을 대변해주는 사람은 늘 엄마였다. 엄마에게 아버지는 한눈팔지 않고 자신의 일에만 전념하는 사람이었다. 박지원의 비유를 빌자면, 다른 사람의 여의주를 부러워하지도, 자신의 쇠똥을 자랑하지도 않는 그런 사람과 통한다는 의미일 것이다. 아버지의 교육열 또한 당신의 삶을 열심히 살아가는 방식이었을 뿐, 자식을 위한 희생으로 단순화함은 옳지 않으리라.

'사람의 마을'을 전승하는 이야기꾼

최은숙(시인)

우린 이야기를 듣고 자란 세대이다. 공부가 지루해진 학생들이 재미있는 이야기를 해달라고 조르던 때가 있었다. 비 오는 여름날, 어두컴컴한 교실에 커튼까지 쳐서 으스스한 분위기를 만들어놓는 학생들의 기대를 이십대 후반 젊은 교사들도 얼마든지 채워줄 수 있었다. 오래 묵은 나무를 베거나 터줏대감 구렁이를 잡아서 동티가 났다는 집들이며, 귀신과 도깨비와 사람으로 모양을 바꾸곤 하는 짐승들이 많기도 많았다. 우리들의 유년에 판타지만 있는 것은 아니었다. 전설보다 흥미진진한 사람 사는 이야기를 어른들 옆에서 얻어들으며 자랐다. 세대와 세대 사이에는 이야기가 흘러야 한다. 앞서 산 사람들의 지혜와 직관이 이야기와 함께 흐르면서 두터워지지 않는다면 뒷사람들의 정신은 가난할 수밖에 없지 않을까? '본 바, 들은 바' 없는, 상상력의 토대가 없는, 그야말로 유산이 없는.

『아버지나무는 물이 흐른다』를 읽으면서 살아 있는 서사敍事의 전승을 보았다. 이 책엔 일제강점기, 종군위안부로 끌려 나갔던 것으로 짐작되는 인물의 생애가 있고 1960년대 보육원 아이들의 고독한 삶이 있다. 전쟁 직후 혼란기의 부정부패와 가난, 질병의 구체적인 모습이 있으며 그 속에서 파란 많은 삶을 일으켜 세운 사람들의 역사가 있다. 지금과 같이 현관문 하나로 이웃과 철저히 차단되는 구조의 생활 방식은 앞집과 뒷집, 이 마을과 저 마을 사이에 이야기가 건너다니는 징검돌을 놓을 수 없다. 그건 인터넷에 일면식도 없는 남의 사생활을 낱낱이 늘어놓고 입방아를 찧는 것과는 다른 것이다. 민중생활사라 불러도 부족하지 않을 이 책의 저자이면서 등장인물인 박명순 선생님은 팔남매의 맏이로 태어나 가난한 집안 살림의 조력자로서 어린 동생들까지 떠맡고 성장기를 보내느라 어른들 틈에서 부대끼며 일찍부터 삶의 희로애락을 맛보는데, 오가며 이런저런 격려의 말참례를 아끼지 않는 마을 사람들과 끼니때 지나는 이웃에게 상추 한 쌈이라도 권하는 식구들을 자연스럽게 보고 자란 덕분에 이렇게 집안 대소사에서부터 마을 안팎의 역사를 두루 꿰는 전승자의 역할을 할 수 있는 것이다.

　동네에 용팔이 청년이 있었다. 7세 정도 지능을 지닌 사람이었는데 외모만큼은 번듯하고 본성이 온순했다. 엇비슷한 처지의 곱상한 색시를 짝으로 만났다. 얼핏 웃음이 시원스러운 그녀를 놓고, 동네 방네 '용팔이 색시가 예쁘다', '용팔이가 색시와 있으면 의젓하다' 소문이 났다. 그런데 하루는 용팔이 엄마가 우리 집에 와서, 신세한탄을 했다. 색시가 임신을 했다는데 아무래도 '용팔이 씨'가 아니라는 것이다. 시어머니 입장에서 날짜를 계산하다 보니, 색시는 용팔이 만나기 전부터 배가 불러 있었다는 것이다.
　"확인해본 것도 아니잖어유?"
　"확인하고 말고 할 게 뭐 있어?"
　"여름이 었 나유? 처음 색시가 들어온 게."
　"그려, 칠석 날이었잖어. 그런디, 동지도 되기 전에 몸 풀게 생겼어."
　이런 말들과 한숨 소리가 오고가는 중에 옆에서 듣고만 있던 아버지가 툭 내뱉었다.
　"용팔이가 착하니께 하늘에서 복을 준 거유. 지 자식이라 우기는 놈만 없으믄 되는 거유. 아, 내가 낳아서 내가 키우믄 내 자식이지, 5대 독자 집안에서 더 이상 뭘 더 바란대유? 용팔이도 서른이 훌쩍 넘었는데 색시가 복덩이를 데려올 거유."

아버지는 복잡한 문제를 세세하게 따지려 들지 않았고, 쉽게 한마디 했을 뿐이다. 용팔이 아저씨는 곧바로 미륵 같은 아들을 낳았고, 나중에 눈빛 맑은 공주님까지 순산했으니 1남 1녀의 아버지가 되었다. 동네사람들은 칠삭둥이냐, 팔삭둥이냐 궁금해했지만, 백설기에 수수팥떡을 푸짐하게 돌리면서 '우리 복덩이', '우리 복덩이' 하는 용팔이 엄마에게 다들 덕담 늘어놓기에 바빴다. 강원도로 시집 간 용팔이 누나가 다니러 와서 색시를 흉보며 입을 삐죽거렸지만, 가족들은 이미 늦둥이 재롱에 흠뻑 빠져 있었다.

"누구 씨인 줄도 모르는데, 장손은 무슨 장손이여?"

"하늘이 두 쪽 나더라도 용팔이 핏줄이여."

말 부조라는 것이 이런 것일 게다. 관점이 전혀 다른 말 한마디가 얹히자 가슴이 철렁할 만한 허물이 덮이고 화근이 복덩이로 바뀌는 반전이 일어난다. 용팔이네의 민망한 사정을 덕담으로 쓸어 덮지 않았다면 그들 식구는 어떻게 되었을까? 소문에 소문을 보태며 끝내 그 집안이 파탄에 이르는 데 일조했다면 마을 사람들에게 돌아올 것은 또 무엇이겠는가? 용팔이의 아들은 집안의 기둥이자 마을의 든든한 젊은이로 성장했을 것이다. 이야기란 이렇게 서로 위로하고 북돋우며 스스로 복을 부르는 행위이다.

놀고 싶고, 혼자 있고 싶고, 공부하고 싶고, 책 읽고 싶었던 소녀 시절, 박명순 선생님의 등에는 한두 살 터울로 태어나는 동생들이 늘 업혀 있었다. 건어물 가게를 차린 부모님 대신 살림을 도맡은 할머니를 도와 날마다 수저가 열 개도 넘는 밥상을 차려내는 일꾼이었지만, 책을 집어 드는 순간, 바로 옆에 있는 동생들의 울음소리를 듣지 못하는 문학소녀였다. 어느 날 참다못한 할머니가 소리를 질렀다고 한다.

"망할 년아, 니가 판사가 될래, 검사가 될래!"

고된 살림 치다꺼리를 하면서도 박명순 선생님은 음식보다 이야기를 탐했다. 의붓자식과 사는 욕쟁이 할머니의 서러움, 산파 역할을 하던 옥희 할머니가 삼신할머께 치성을 드려 죽어가는 산모를 살려놓은 일 등등, 마실 오는 할머니들이 쉴 새 없이 주고받는 이야기와 가겟방을 겸한 살림집의 특성상 늘 사람들이 북적이며 펼쳐놓는 삶이 이야기꾼 박명순 선생님을 낳고, 생에 대한 연민과 이해, 포용과 낙천을 그의 심성에 새겨 넣었을 것이다.

음력 설달 스무 이튿날. 세상이 꽁꽁 얼어붙어 강추위 기세가 막바지에 오를 무렵임에도, 할머니 생신이 가장 포근하고 따스한 기억으로 각인된 것은, 아마도 모처럼 풍성해진 먹거리 때문일 것이다. 고소한 참기름 냄새가 집안 곳곳에 배어 음식에 대한 기대와 상상을 최대치로 높여주었다. 하루 종일 끓이고 삶아대는 음식으로 방은 절절 끓었고, 발 디딜 틈 없이 사람들이 넘쳐났다. (……) 음식의 간을 보는 모습을 구경하다가, 푸짐하게 펼쳐지는 이야기판에 대롱대롱 매달려 빨려들었다. 노랫소리, 웃음소리가 걸판지게 술상에 차고 넘치지만, 고모들이 하나둘 합세하면 정작 술보다 어린 시절 이야기로 취기가 절정에 오른다. 쌓여 있는 음식더미 앞에서 아버지의 이야기보따리가 펼쳐지면 청천 고연 동심의 세계가 팔짝팔짝 웃고 뛰고 배꼽을 쥐게 만든다. 아버지가 가겟방에서 화제로 떠올리던 어물 장사나 복숭아 이야기가 아닌, 어린 시절 경험담이 고연과 청천강을 배경으로 펼쳐지는 것이다.

먼저 소년이 된 아버지가 주인공이 되어 뚜벅뚜벅 걸어 안방 무대에 등장한다. 화양계곡에서 하루 종일 얼음을 깨뜨려 간신히 잡은 잉어를 제사상에 올린 이야기, 나뭇짐을 지고 오다가 날이 저물어 도깨비를 만난 이야기, 지네를 잡아 팔아 일당을 번 이야기, 이런 이야기는 걸리버가 만나는 소인국 거인국만큼 신비롭다. 톰 소여의 모험담보다 재미있었던 것은 아버지의 입담보다도 과거와 현재를 넘나드는 실존 주인공 때문이리라. 고모와 고모부는 말씀이 짧은 대신 귀 기울일 줄 아는 지혜의 샘이 깊은 분이었다. 체격이 다부지고 이목구비가 수려한 아버지가 판소리의 소리꾼이라면 고모부나 고모는 추임새를 넣는 고수였던 셈이다. 엉덩이 들이밀기가 눈치 보일 정도로 방마다 사람들이 넘쳤지만 기를 쓰고 그 틈바구니에 끼어든 것은 이야기에 정신이 팔려서다.

신경림 선생은 가난하다고 해서 사랑을 모르겠는가, 라고 노래했다. 생각해본다. 가난하다고 해서 웃음을 모르겠는가, 가난하다고 가난하겠는가, 가난이야말로 질펀한 입담과 해학의 마당이 아니겠는가. 여기 등장하는 인물 중 넉넉한 살림을 하는 사람은 없다. 그러나 곡식과 기름, 말린 나물, 약초 뿌리, 몸으로 경작한 그 귀한 것들을 자루에 담아들고 일가친척이 모이는 집안 어른의 생신은 마을 잔치가 되기에 부족함이 없다. 아침 밥상에 초대되는 마을 사람들의 손에도 한 주전자의 막걸리, 담배 한 갑, 소박하고 인정 있는 선물이 들려 있다. 유쾌하고 낙천적인 사람들 가운데 단연 으뜸은 아버지다. 원고를 읽으면서 박명순 선생님이 아버지를 많이 닮았다는 걸 알았다. 자잘한 일에 동요하지도 매이지도 않는 대범함이 그렇고, 인정 있는 마음 씀이 그렇고, 복잡한 일을 단순하게 돌파하는 힘이 또한 그렇다. 말과 행동에 곁치레가 없는 것도 아버지의 유산인 것 같다.

박지원 선생의 비유를 빌면 '다른 사람의 여의주를 부러워하지도, 자신의 쇠똥을 자랑하지도 않는' 사람인 아버지는 자식들 기르면서 먹고사느라 놀지도 쉬지도 못한 분이었다. 그러나 가난하다고 주눅 들지 않았고 힘들다고 엄살하지 않았다. 당신의 생을 긍정하면서 건강하고 충실하게 사셨다. 아버지에 얽힌 일화들이 어찌나 매력 있고 재미있는지 한번 뵙고 싶을 정도이다. 그중의 압권이 집짓기이다. 할 일 했으면 하루 세 끼 맛있게 먹는 게 최고라는 가치관을 가진 아버지가 처음 지은 집은 도랑과 학교 담벼락 사이 좁은 공터에 지은 무허가 건물이었다.

(……) 조치원 신흥동 대동초등학교 뒷담을 벽 삼아 방 한 칸을 들인 것이다. 학교 담 앞에 도랑이 흐르는 좁은 공터를 닦고 기둥을 세웠다. 하늘 가리고 문을 달아서 잠을 자고 밥을 끓여 먹을 수 있는 공간을 만들어 놓은 것이 집의 전부였다. 사람 한둘이 들어설 만한 공간으로 비탈진 학교 담이 시작되는 곳이며 옆으로 집이 늘어서 있는 동네 끝자락이었다.

한 칸 방이었다가 그 한 칸을 장지로 막아 두 칸으로 사용했고, 부엌을 길게 만들어 확장했다. 가족이 늘어나자 아버지는 간단하게 방 한 칸을 다시 들였다.

본질에 충실한 행동은 이렇게 군더더기가 없나 보다. 젊은 아버지가 꿈꾸었던 집은 재산도 작품도 아닌, 비바람으로부터 식구들을 지켜줄 그야말로 지상의 방 한 칸이었다. 이 방 한 칸에 이르기 위해 배고팠으나 생의 '화양연화'였던 고향을 떠나 정착한 곳이 막 제대한 군부대가 있는 조치원이었다 하니, 군 복무 시절의 인연을 발판으로 삼은 도약이 얼마나 팍팍했을까. 그러나 그렇지가 않았다. 송덕이네는 여덟 식구가 간신히 나누어 사는 두 칸 방 중의 하나를 무작정 찾아온 젊은 부부에게 내어주었고 마침내 이들이 집을 짓기 시작하자 벽돌이며, 목재며, 송덕이네를 비롯한 이웃들과 군대 친구들의 부조가 십시일반으로 이어진다. 아이들이 도화지에 그리는 그림처럼 뚝딱뚝딱 지어진 집이지만, 고향의 어머니를 모셔오고 팔남매를 길러냈으며 나중에는 장모와 처제, 처남 부부, 일가붙이에서부터 고향 손님들까지 늘 열다섯 안팎의 식구들이 북적이게 된다. 그 옛날의 집들은 그렇게 품이 넓었다. 복숭아 과수원에 있는 원두막을 이용해 대강의 모양을 갖춰보려던 두 번째 집도 마을 사람들의 적극적인 조언과 지원으로 '목수와 미장이, 설계자와 집주인이 구분되지 않고 구경꾼마저 한 몫' 하여 아버지의 뜻을 훨씬 앞지른 훌륭한 형태를 갖추게 된다. 내 살림과 이웃의 살림이 무관하지 않았던 마지막 시대, 그 시절의 가난했던 사람들은 정작 '공동체'라는 말을 몰랐다. 그것은 망가지고 해체된 뒤에 붙은 이름이다. 옹기종기 지붕을 맞대고 살아도 따로 품는 욕망이 있고 불화不和와 부정不正이 뒤얽히는 게 사람 사는 세상이지만, 애들 키우고 식구들 밥 굶기지 않겠다는 목표에서 크게 벗어나지 않는 욕망과 부정이 오히려 숨을 편안하게 한다. 그들의 자존심과 염치, 소탈함에서 오는 여유, 웃음. 인간의 품격이라 부를 만한 면모를 발견하고 기록한 박명순 선생님은 복 있는 작가이다.

대학 시절의 동기들이 지식인과 민중의 사이에서 자기정체성을 고민할 때 박명순 선생님은 자신에게서 부모를 보았고 부모의 모습에서 민중의 희망을 보았다. 아버지는 자식들이 남을 이겨내며 살기를 바라지 않았고 최고의 자리에 오르기를 욕심내지 않았다. 자식이 다니는 학교가 가장 좋은 학교인 줄 알았고 학교를 휴학하거나 퇴학당하거나 탓하지 않았다. 부모 노릇을 할 뿐, 제 일은 제가 알아서 할 거라는 신뢰가 있었다. 나는 박명순 선생님의 가족을 다 알지는 못하지만 팔남매가 모두 공부를 잘해 부모의 기쁨이었다는 소문을 들었고 남의 몫을 당겨 이득을 취하거나 드높은 위치에서 남을 아래로 내려다보는 세속의 성

284

공을 구가한다는 소문은 듣지 못했다. 다섯째 희연이라는 이름으로 등장하는 박명순 선생님의 동생과 나는 서산여자중학교와 서산중학교에서 각각 일하는 동안 잠깐 자취를 함께 했다. 둘 다 20대의 환한 나이였다. 천성이 명랑하고 총명한 희연이 "언니?" 하고 부르면 뭔가 좋은 일이 있다는 느낌이 들곤 했다. 그 희연이 갑자기 앓아누웠다. 의식불명이 될 만큼 아팠다. 희귀병으로 병원에 입원한 딸을 두고 아버지는 해장국이 맛이 없다며 다른 식당을 알아보라고 해서 같은 병실의 보호자에게 질책을 받는다. 서른도 안 된 딸이 죽느냐 사느냐 하는 판국에 해장국 맛이 문제냐고 하는 그에게 아버지가 대답한다.

"해장국은 그냥 해장국인 거유. 같은 값 주고 먹는 거 이왕이면 맛있는 집에서 먹어야지유. 병 고치는 건 의사가 해야지 내가 밥 굶는다구 딸자식이 병이 낫는 것두 아니구. 나는 노동하는 사람이라 하루 밥 세 끼 먹는 게 중요한 거유."

여섯 달 만에 의식을 찾고 휠체어에 앉아 희망 없는 몸으로 돌아온 딸에게 아버지는 호언장담했다.

"잘 왔다. 병원에 있으면 없던 병도 생기는겨. 집에 있으면 금방 일어날 테니 두고 봐라. 우리나라 최고 의사들이 못 고친 병을 내가 고쳐줄 테니 걱정말라구."

희연이의 병간호를 하며 식구들이 번갈아 앓아눕는 상황에서도 아버지는 평소대로 과수원 농사를 짓고 할 일을 해나간다. 식구들의 헌신적인 간호와 아버지의 담대한 신념에 의지해 병원에서도 포기한 희연이 3년 만에 뇌병변 3급, 언어장애 4급의 몸으로 일상을 회복한다. 집으로 찾아오는 아이들에게 논술을 가르치고, 벗들과 독서모임을 꾸려나간다. 내게 국어를 배우는 중학생이 희연의 이름을 대면서 그 선생님을 아느냐, 뿌듯한 얼굴로 물어올 때, 나는 박명순 선생님의 형제들과 그의 부모가 가진 생명의 힘, 그 아름다움을 본다. 희연은 자기 인생의 가장 큰 축복은 큰 언니(박명순)의 동생으로 태어난 것이라고 했다. 언니는 언니대로 그것이 동생이 아닌, 자신을 위한 일이라 한다. 자매는 일주일에 한 번 만나 고전 공부를 한다. 봄꽃을 보러 가고 좋은 강연에 함께 간다. 멀리 떨어져 있게 되면 메일을 주고받는다. 사색과 문장이 오가며 서로의 성장을 북돋우는 이들 자매를 보고 있으면 그들을 알게 된 인연이 나의 복이라는 생각이 든다.

원고를 읽는 동안 가장 인상 깊었던 곳을 하나 고르라 한다면 나는 아버지와 딸이 복숭아를 팔러 나가는 장면을 꼽겠다. 아버지는 복숭아 상자가 높다란 리어카를 끌고, 딸은 흠뻑 땀에 젖어서 아버지와 보조를 맞추며 복숭아를 따라간다. 가속도가 붙기 시작하는 내리막길에서 부녀는 넘어지지 않으려고 필사적으로 노력한다. 복숭아 상자를 부둥켜안고 리어카에 매달려 질질 끌려가다시피 했지만, 아버지와 딸은 중심을 잃고 리어카와 한데 엉켜 뒹굴고 만다.

부녀는 몸의 상처는 뒷전이고 바닥에 팽개쳐진 복숭아만 맥없이 쳐다보았다. 아버지는 당황하지 않고 몸을 툭툭 털더니 심하게 뭉개진 복숭아만 골라서 주웠다.

"최고로 좋은 복숭아가 심하게 뭉개졌네. 원 님 덕에 나팔 분다고, 에라, 우리가 먹자."

"복숭아 먼저 담아야지유. 아버지."

"일단 먹고 힘을 내자. 여기까지 오면 딱 반이다. 이제 다 온 거여. 시작이 반이고, 여기까지가 반이니께 거진 다 온 거지. 대충 보니께 물러터진 거랑, 으깨진 거 대여섯 상자 되는데, 팔아먹기 힘든 깨진 복숭아는 우리가 먹고 나머지는 소매로 복구해야겠다."

아버지는 매사에 그런 식이었다. 복숭아가 산지사방으로 흩

287

어졌을 때 주워 담기보다 먹는 걸 우선시하는 낙천적 체질이시다. 아무튼 나도 도저히 손으로 잡을 수 없을 만큼 터진 복숭아까지 한입이라도 베어 물었으니 그 먼 길 30리 길을 달려온 복숭아에 대한 예의를 우리는 그렇게 지켜야 했다.

땀에 흠씬 젖은 부녀가 흙먼지 속에서 으깨어진 복숭아를 먹는 장면이 영화처럼 떠오른다. 툭툭 털고 일어난 아버지는 나머지 복숭아를 길에서 만나는 사람들에게 팔면서 시장으로 간다. 대학 시절 우리는 '민중'이란 말에 애정을 가졌던 것이 사실이지만, 이해는 했던 것일까? 이토록 생의 빛나는 슬픔과 남루에 대하여……

박명순 선생님이 과거를 입에 올리기 시작한 것은 십 년이 채되지 않는다. 머릿수를 채워주려고 참가한 전교조 심리상담 연수에서 어린 시절의 집을 그리게 되었는데 볕이 잘 들지 않던 북향의 방과 마루와 도랑 앞에 걸었던 솥단지를 그려 나가면서 뜻밖에도 그리움이 스멀스멀 피어오르는 걸 느꼈다. 쇠락해가는 골목 맞은편의 술집에서 들려오던 젓가락 장단과 '홍도야, 울지마라 오빠가 있다'고 목청을 울리던 아저씨들, 술만 취하면 아무데나 쓰러져 주무시던 아버지의 모습. 불행했다, 생각하며 덮어버린 그날들이 아름답다, 따뜻하다, 살아 있었다, 그런 생각지도 못한 감정을 일깨웠다. 박명순 선생님은 그때보다 지금의 삶이 더 어렵다고 한다. 공감한다. 우리에겐 집 한 채를 뚝딱 짓는 단순함이 없고, 딛고 선 자리를 살 만한 곳으로 만드는 상상력이 없고, 고군분투하는 사람에게 손을 내미는 여유가 없고, 헛된 욕망을 미끼로 던지는 세상을 분별하는 눈이 없고, 어지간한 어려움쯤은 소리 없이 견디는 정신의 근육이 없다. 불평등과 부조리는 우리가 가진 취약을 파고든다. 그것들은 더욱 교묘하게 진화해 갈 것이고 사람들은 점점 초라해지고 왜소한 삶을 살게 될 거라는 예감이 든다.

다시 그려보는 아버지와 어머니, 옛날의 가난했던 사람들에게서 작가는 오히려 자유를 느꼈을 것이다. 그들의 유쾌한 연대와, 쓸데없는 욕망에 심신을 낭비하지 않는 데서 오는 당당함과 야생의 힘을 보았을 것이다. 그들은 옹졸하지 않았고 주눅 들지 않았으며 각자 갖고 태어난 능력만큼 힘껏, 책임 있게 살았다는 것을 깨달으면서 가난한 집의 맏딸로 태어난 소녀의 안쓰럽고 아픈 성장기는 치유되었을 것이다.

나는 박명순 선생님을 이십대 중반에 만났다. 그때는 그녀의 씩씩함과 대범함이 어디서 연유하는지 잘 몰랐다. 그녀는 소설가 강병철 선생님의 아내였다. 출산을 앞둔 아내가 휴가에 들어가게 되자 강 선생님이 후배인 나를 불렀다. 강사 임용에 필요한 절차를 마친 뒤에 유구에서 공주까지 직행버스를 타고 돌아오면서 우리는 웬 오징어를 먹었는데, 박명순 선생님이 처음 만나는 나에게 말했다.

"우리 남편은 생긴 거 하고 다르게 교양 있는 걸 좋아해. 버스 안에서 오징어 다리를 씹는다든지, 이런 품위 없는 행동을 싫어해. 그럴수록 나는 이렇게 더 질겅질겅 씹지."

'멋있다. 노는 언닌가?' 오징어 다리를 질겅거리는 박명순 선생님에게 순간 반한 것이 오랜 인연의 시작이었다. 그로부터 20여 년, 우린 여전히 만나고 있다. 박명순 선생님과는 이런저런 공부를 같이 하고 남편인 강 선생님과는 주로 술자리에서 만난다.

"선배님은 매너가 꽝이에요. 자기가 먼저 술집 문을 열고 들어가면 뒷사람이 들어올 때까지 잡고 있어야 하잖아? 코 깨질 뻔한 게 한두 번이 아니에요."

내가 툴툴거리면 박명순 선생님이 눈을 동그랗게 뜨고 맞장구를 친다.

"그걸 인제 알았어? 매너 같은 건 눈 씻구 찾을래도 없는 사람여."

2월 28일과 8월 16일, 일 년에 두 번, 방학이 끝나기 직전에 이발소에 가는 강병철 선배님과 일 년 내내 책더미에 묻혀 사는 박

명순 선생님의 조합은 둘을 아는 사람들의 호기심을 불러일으
키는데 알면 알수록 각자 웬만치 않게 특이한 이 두 분이 참으로
잘 어울리는 한 쌍이라는 생각이 든다. 취직해서 동생들 가르칠
생각을 해야지 팔남매의 맏이가 대학이 뭐냐고, 친척들의 나무
람을 들으면서 대학에 들어간 박명순 선생님은 왜 잘리는지도
모르고 잘렸다. 단지 연극반에서 노래 몇 번 했을 뿐인데. 우여
곡절 끝에 졸업한 뒤엔 미발령 교사로 민교협 사무실에 나갔다.
거기서 해직교사 강병철을 만난 것이다. 입만 열면 모두 나라와
민족을 근심하던 시절에 강병철은 장가가고 싶다는 말이나 하
는 사람이었다. 그게 박명순 선생님의 눈에는 진실해 보였다. 거
짓말도 못하고 수줍음을 타는 모습이 괜찮은 것 같아서 참한 후
배를 소개해줄까 점까지 찍어놨단다. 그러나 강병철의 생각은
딴 데 있었다. 그가 보기엔 박명순 선생님이 예쁘지도 않고 밉지
도 않고 내 짝으로는 최고구나, 싶었다는 것이다. 그 말이 마음
에 들어서 그녀는 강병철이 자기에게 장가오는 걸 허락했다. 그
래서 나는 해직교사 강병철 선생님이 좀 깔끔해졌을 때 그를 만
났고, 그 바람에 박명순 선생님을 알게 된 것이다. 박명순 선생
님의 집도 우리 집도 형제가 많고 바람 잘 날 없는 민중사의 현
재진행형이라는 점에서 공통점이 있다.

"방법이 있어. 어떤 일이 생기면 괴로워할 시간에 '문제―해

결', '문제―해결' 식으로 가는 거야."

그 말이 내게는 적잖은 위로가 되었다. 도무지 엄살이 없는 저 분의 속내에 참 많은 문제와 해결의 시간들이 지나갔겠구나, 짐작도 되었다. 이번에 산문집의 원고를 읽으면서 그동안 박명순 선생님을 만나면서 느낀 감동의 연원을 알게 되었다. 말없는 배려, 무조건적인 신뢰, 변함없는 우정, 배꼽 빠지게 웃겨주는 유쾌함, 박명순 선생님께 받은 선물이 많다. 작가 박명순은 아버지 나무에서 울창한 생의 기운을 끌어 올린 숲이었다.

원고를 읽으면서 많이 웃었다. 코끝은 시리지만 등이 따스했다. '사람의 마을'을 본 것 같다. 그만그만하게 어렵고 앞집이나 뒷집이나 먹는 것 입는 것 비슷비슷하던, 집과 논밭의 임자는 각각이지만 이웃의 손과 걸음이 보태져야 살 수 있던 그 시간을 냄새로, 맛으로, 소리로, 감촉으로 몸에 기억하고 있을 뿐 아니라, 그 자신, '사람의 마을'로 살아가고 있는 박명순 선생님의 첫 산문집 출간을 축하드린다.